GIOVANNA BANDINI

Nächte wie Seide

Buch

Eine junge Frau trifft auf einer Party einen jungen Mann. Die beiden gefallen einander, küssen sich, und als die junge Frau das Fest verlässt, ist nichts mehr wie zuvor. Obwohl beide in festen Beziehungen leben, sehen sie sich wieder. Fast wider Willen gibt die junge Frau ihrem Verlangen nach und beginnt ein heimliches Verhältnis. Jedes Mal, wenn sie die Wohnung des Verführers verlässt, beschließt sie, nie mehr zu ihm zurückzukehren. Doch die Leidenschaft wächst, nimmt immer mehr Raum ein und wird schließlich zu einer brennenden Sehnsucht, einer Obsession, die sich längst ihrer Kontrolle entzogen hat. Die junge Frau beginnt ein Doppelleben zu führen. Ihr »normales« Leben besteht in ihrer Arbeit, in den Begegnungen mit Freunden und ihrem Verlobten. Doch ihr heimliches, verbotenes Leben wird immer mehr ihr eigentliches, obwohl es nur wenige Stunden in der Woche umfasst. Immer rauschhafter und ekstatischer werden die erotischen Begegnungen der beiden, und immer mehr verschwimmen die Konturen ihres alten, geordneten Lebens ...

Autorin

Giovanna Bandini wurde 1968 in Rom geboren. *Nächte wie Seide* ist ihr zweiter Roman.

GIOVANNA
BANDINI

NÄCHTE WIE SEIDE

Erotischer Roman

Aus dem Italienischen
von Adriana Borra

PORTOBELLO

Die Originalausgabe erschien unter dem Titel »Giorni dispari«
bei Fazi Editore, Rom.

Umwelthinweis:
Alle bedruckten Materialien dieses Taschenbuchs
sind chlorfrei und umweltschonend.

Portobello Taschenbücher erscheinen im Goldmann Verlag,
einem Unternehmen der Verlagsgruppe Random House GmbH

Einmalige Sonderausgabe September 2007

Umschlaggestaltung: Design Team München
Umschlagfoto: Getty Images/Scalora
Druck: GGP Media GmbH, Pößneck
KC • Herstellung: WE
Printed in Germany
ISBN: 978-3-442-55541-3
www.portobello-verlag.de

10 9 8 7 6 5 4 3 2 1

Für A.P.

The voice of my education said to me
He must be killed
[...]
But must I confess how I liked him ...?

D.H. LAWRENCE, *Snake*

EINS

»*Je suis allé au marché à la ferraille …*«

Mir fiel dieser Vers ein, und unwillkürlich trällerte ich ihn wie ein Lied vor mich hin.

Ich habe ein rotes Tuch für dich gekauft.

Ich werde ein paar Bücher darin einwickeln und weiß, du wirst, sobald ich dir das Päckchen überreiche, verstehen, dass das Geschenk die Verpackung ist. Vielleicht wirst du einen Scherz machen und sagen: »Wie vornehm, ein Seidenpäckchen statt des üblichen Geschenkpapiers!« Dann wirst du das Tuch in die Hände nehmen, es über die Finger gleiten lassen und mir hinhalten.

Ich ziehe dir das Hemd aus und wende dich dabei mit dem Rücken zu mir, binde deine Handgelenke zusammen und entkleide dich dann weiter, sodass du mir weder helfen noch dich wehren kannst.

Ich lege dich bäuchlings aufs Bett – aus deinen Händen weicht wegen des Knotens langsam die Farbe, und durch den Kontrast erscheint das Seidentuch noch röter.

Mit den Nägeln meiner rechten Hand zeichne ich kleine Schnörkel auf deinen Rücken und entschlüssele verzückt meine eigenen Arabesken, während ich eine der Kerzen heranziehe, die du brennen lässt, wenn wir in der Wohnung sind. Ein Wachstropfen auf deinen Schultern lässt dich zusammenzucken: Ich entferne ihn, puste auf die Haut und benutze ihn als Vorwand, um dich lange zu streicheln. Dein Hintern krümmt sich nach außen – nach oben, in meine Richtung –, weil dir deine Erektion langsam wehtut, und ich befeuchte meine Finger, um sie daran auf und ab gleiten zu lassen – die Nägel der linken Hand habe ich mir eigens dafür geschnitten.

Du stöhnst, du flüsterst, du schreist.

Du weißt die Mühe, die ich mir mit dir gebe, zu schätzen. Mit meiner freien Hand an einer deiner Schultern drücke ich dich hinunter und bearbeite dich mit der anderen so, dass du nach vorne, zum Kopfende des Bettes, geschoben wirst.

Bei der Bewegung kommst du.

Ich befreie deine Handgelenke, drehe dich um und lächle; mit dem roten Tuch trockne ich dich mit jener Zartheit ab, die man gewöhnlich für Kinder aufspart. Ich sage *»ciao«*, nenne dich mit leiserer Stimme, damit du mich nicht hören kannst, »Liebster« und erhebe mich, da ich spüre, wie mich meine Zuneigung zu dir überwältigt.

Meine Absätze hallen auf dem Parkett, in meinen Ohren klingt deine ins Kissen gemurmelte Frage nach: »Wohin gehst du?«

Ich antworte dir nicht, ich bin schon draußen, die Tür ist hinter mir zugeschlagen, bevor ich auch nur den Mund auftun konnte. Ich antworte dir nicht, ich kann nicht. Meine Füße waren zu sehr damit beschäftigt, den Linien auf dem Fußboden bis zur Tür zu folgen, als folgten sie einem vorgezeichneten Pfad. Ihnen ist noch nicht klar, ob sie hinter jemandem herrennen oder von ihm weg.

Hätte ich noch eine Minute gewartet, hätte ich »Ich liebe dich« zu dir sagen müssen, weil dein Körper in meiner Gewalt mich zu diesem Geständnis zwingt. Ich sage es zu der hinter mir zugefallenen Tür, die meinen Rücken mit ihrem gleichgültigen Holz stützt – ich liebe dich –, und ich wiederhole es in dem engen Aufzug, mit geschlossenen Augen, um mich nicht selbst im Spiegel zu überraschen – ich könnte mein aufgelöstes Gesicht nicht ertragen.

Ich liebe dich und weiß nicht, warum, und kann nicht ertragen, dass es so ist.

Dich zu lieben verstößt gegen alle meine Prinzipien,

es ist eine Vergewaltigung meines Willens, ein Leugnen der Vernunft.

Obwohl du jetzt sicher kein *Schläger* mehr bist – nicht zuletzt deshalb, weil das mit siebenunddreißig Jahren lächerlich wäre –, hörst du nicht auf, dein Kredo zu verkünden. Aber da ist etwas in mir, das sich unwillkürlich dagegen auflehnt, wenn du deinen Glauben an Dinge wie »die Besonderheit der Rasse, die Überlegenheit der Ordnung, das Gesetz des Stärkeren« bekennst.

Es scheint mir entsetzlich, dass es letztlich das ist, was uns mehr als alles andere trennt, ich finde das unerträglich, aber ich kann nicht so tun, als wäre nichts.

Der Aufzug öffnet sich zur Eingangshalle hin.

Von der rechten Wand schauen mich sinnlos durcheinander hängende Kopien berühmter Bilder an; links zieht sich eine lange Reihe von Papyrusstauden in einem Blumenkasten an der mit schwimmbadblauen Kacheln verzierten Wand entlang. Hinten schließlich, in der Nähe der gläsernen Eingangstür, die Briefkästen. Gierig suche ich dort deinen Nachnamen, verschlinge ihn mit den Augen; mit einer Fingerspitze fahre ich ihn nach, als könnte dich diese Liebkosung drei Stockwerke höher erreichen. Als könnte mir die Berührung deines Namens einen Moment lang einen Teil von dir zurückgeben, als könnte ich ihn durch die Haut aufsaugen.

Die Haut. Werde ich Male haben? Nein, heute nicht, heute habe nur ich meine Macht über dich ausgeübt. Dieser Gedanke betäubt und benebelt mich, ich bin mir nicht mehr bewusst über das, was ich tue, wo ich bin, finde mich außerhalb des schwarzen Gartentors wieder und habe den ganzen kurzen Weg zurückgelegt, ohne es auch nur zu merken.

Wie oft ist das so. Ist man in Gedanken, geht man unwillkürlich schneller, als wollte man dem Gedanken hinterhereilen, um ihn zu fassen, und man achtet nicht mehr auf die Straße, den Bürgersteig, die Leute, den Himmel – ob er blau ist, ob die Sonne scheint oder nicht –, auf die Zeit der Uhren: So, da sind wir schon, und es kommt einem so vor, als hätten die Zeiger nicht mal eine Runde vollzogen. So ist es, ich bin draußen.

Weg von deiner Wohnung, weg von dir.

Die Luft ist noch erfüllt von Licht, die Sonne noch nicht ganz untergegangen.

Ich atme deinen Geruch an meinen Händen ein, zum letzten Mal, verspreche ich, und weiß sehr gut, dass ich mein Versprechen brechen und, bevor es Abend wird, hundertmal und mehr daran gerochen haben werde, bis ich ihn nicht mehr wahrnehme, weil er sich mir ins Gehirn gebrannt hat.

Nein, das darf nicht wahr sein: heute ist Freitag, das Abendessen mit meinen alten Klassenkameraden aus dem Gymnasium. Ich habe nicht die geringste Lust hinzugehen, obwohl ich mich normalerweise darauf freue.

Gabriele, mein Banknachbar, fand diese Wiedersehen immer traurig; ich nicht: Sie scheinen mir so selbstverständlich, nachdem wir uns fünf Jahre lang täglich gesehen haben – absurd wäre eher das Gegenteil. Aber heute nicht, wie soll ich das heute aushalten, mit deinem Geruch überall, den die anderen nicht riechen dürfen; ich werde mich also waschen müssen und wollte ihn doch an mir behalten, deinen Geruch. Eifersüchtig an mir, für immer.

Und du, der du ins Theater musst? Wie wirst du dich konzentrieren können, dem Stück folgen? Du wirst zuschauen, nur zuschauen, ohne wirklich etwas zu sehen, die Dunkelheit im Saal preisen und auf einen Seitenplatz hoffen, der dich nicht zwingt, einen Blick geheuchelter Aufmerksamkeit auf die Schauspieler zu richten.

Umfangen von der Dunkelheit, vom roten Samt des Sessels, wirst du an unseren Nachmittag und an mich zurückdenken.

Warum habe ich mich zum Gehen entschieden, statt

bei dir zu bleiben und auf die-Dinge-die-man-tun-muss zu pfeifen? Du gehst nicht ins Theater und ich nicht zum Abendessen, was ist denn schon groß dabei, da stirbt ja keiner, es genügen zwei Anrufe.

Aber nein.

Ich habe es nicht ausgehalten, mich davonstehlen und zum x-ten Mal schwören müssen, dass es das letzte Mal war, dass ich dich nie wieder sehen werde.

Jeder für sich, über die Stadt verstreut.

Voller Bedauern steige ich unter die Dusche, lehne mich an die Wand und lasse das Wasser fließen, ohne dass es mich berührt, ohne mich einzuseifen, bevor ich die Kraft finde, ein wenig Duschgel auf meine Hände zu schütten. Die flüssige Seife ruft mir mühelos etwas anderes in Erinnerung. Bei dem Gedanken zucke ich zusammen, die Erinnerung an heute verursacht mir ein Kribbeln im Magen, wieder sehe ich dich vor mir, spüre dich unter meinen Händen.

Ich wasche mich mit mehr Sorgfalt, aber ohne meine Gedanken von dir zu lösen, so wie der Bleistift eines Schreibanfängers nie das Blatt loslässt, und stelle mir vor, dass du es bist, der mich statt meiner berührt, oder dass du mir dabei zusiehst, erregt allein vom Anblick. »Ich brauche dich nur anzusehen, und schon wird er steif«, sagst du immer, und ich bin glücklich, als würdest du mir weiß Gott was für ein Kompliment machen.

Zu wissen – zu sehen –, dass ich Begierde in dir auslöse, dass ich sie befriedigen kann, gibt mir das Gefühl, aufregend, attraktiv, allmächtig zu sein.

Ich seife mich noch einmal ein; diesmal fange ich unten an, ich zeichne ein paar zerstreute Kreise um die Knie, wandere höher und massiere das Innere meiner

Schenkel, gleite noch höher, halte inne. An der Wurzel des Fleisches. Ich verweile an bestimmten Stellen, an den empfindlichsten, erst langsam, dann immer schneller, bis das Wasserrauschen meine Schluchzer übertönt.

Ich werde zu diesem Abendessen gehen.

Ich werde dir zu Ehren etwas Rotes anziehen.

Das Haus von Ilarias Familie ist immer unglaublich gepflegt, perfekt bis ins letzte Detail, angefangen mit den antiquarischen Möbeln über die Aschenbecher aus Lalique-Glas bis hin zu den Tafelaufsätzen voll frischer Blumen, auch wenn das Abendessen im Stehen stattfindet, weil die ehemaligen Klassenkameraden zahlreich und wir mit den verschiedenen Freunden und Freundinnen fast doppelt so viele sind. Fast. Es gibt welche, die ohne Anhang kommen. Ich zum Beispiel.

Genau. Trotz einer nun schon seit Jahren bestehenden Beziehung und einem unverhofften geheimen Liebhaber ist niemand bei mir.

Du bist im Theater – und außerdem habe ich dich ja für immer verlassen, wie jede Woche. Auf Frances muss ich hingegen wegen eines Familienessens verzichten. Gott sei Dank, heute Abend hätte ich nicht heucheln können, hätte ich nichts gegen meine Abwesenheit tun können, und mein zerstreutes Verhalten wäre seinem sechsten Sinn doch nie im Leben entgangen ... Ich kann mir das Gespräch schon vorstellen: »Was ist denn los?« »Ach, nichts, ein paar Probleme zu Hause, bei der Arbeit, du weißt schon, das Übliche«, und schon wird munter weitergelogen. Nein, heute Abend nicht, heute Abend halte ich das nicht aus. Besser das Klassentreffen.

»Ciao! Warum ohne Frances?«

Da geht's schon los.

Da ist sie, die nette Frage, mit der ich gerechnet habe. Mensch, Ilaria, vielleicht hättest du mich zuerst wenigstens eintreten und etwas trinken lassen können, gar nicht viel, nur ein Glas Wein, das mich ein bisschen aufwärmt und eine nicht ganz so gezwungene Euphorie in mir entfacht, wenn ich mir einrede, dass ich allein hier bin, weil ich es genau so wollte.

Euphorie: »Die Fröhlichkeit der Verzweifelten«, hat sie einmal jemand genannt.

Und dabei könnte alles so einfach sein.

Ich müsste nur annehmen, was mir angeboten wird, dieses ruhige Glück, das auf Fragen verzichtet und sich mit den Antworten, um die es nicht gebeten hat, zufrieden gibt. Mit Frances zusammenziehen, der mich liebt – es wäre so *richtig* –, und vielleicht eines Tages auch heiraten, eine schöne traditionelle Hochzeit mit Cutaway und weißem Kleid vielleicht, damit unsere Kinder eines Tages die Fotos anschauen können und sagen: »Wie schön Mama und Papa doch waren und wie jung.«

Und dann das Kochen nach aus Zeitschriften herausgeschnittenen und mit Magnettieren am Kühlschrank befestigten Rezepten, während *Riccardo* und *Chiara* drüben ihre Hausaufgaben machen, nachdem sie alle Zeichentrickfilme im Nachmittagsprogramm angeschaut haben, und dann setze auch ich mich mit ihnen zum Lernen hin, helfe ihnen beim Aufsatz oder ihren Sachkundefragen, während ich mich durch die Papiere wurschtle, die ich von der Arbeit mit nach Hause genommen habe, und dann geht die Tür auf, und Frances' Stimme sagt: »*Ciao*, Liebling«, und er küsst seine Kinder; und ist es noch früh, essen wir alle zusammen, sonst nur wir beide, weil die Kleinen vor zehn ins Bett müssen; und kommen sie vom Schwimmen, sind sie todmüde, beim Essen schlingen sie gähnend ihre Suppe hinunter, und dann sitzen wir beide da und probieren, wie dieses neue, etwas exotische Gericht geworden ist, und nach dem Abendessen sehen auch wir ein bisschen fern, wenn es einen schönen Film gibt, und falls wir uns abends doch noch zum Ausgehen aufraffen können, rufen wir eine der Omas an oder eine Babysitterin und stürzen uns mutig ins Kino, wie damals, als wir jung waren, wie in den alten Zeiten.

Und wer weiß, vielleicht würde ich mich schließlich, nach vielen Jahren in deiner zuvorkommenden und zurückhaltenden Gesellschaft, auch wieder verlieben.

Wäre es so?

»Hallo, ist jemand zu Hause? Ich hab dich gefragt, warum Frances nicht da ist, aber wenn das diese Wirkung auf dich hat …«

»Entschuldige, ich war in Gedanken, jedenfalls, gut, ja, alles okay. Er ist nicht mitgekommen, weil er zu einem Abendessen mit seinen Verwandten musste. Aber er hat mir ganz viele Grüße an dich aufgetragen.«

Seit wie vielen Tagen haben wir uns jetzt nicht gesehen? Zehn, vielleicht sogar noch mehr. Ich frage mich, wie ich es die ganze Zeit aushalten konnte, ohne dich anzurufen, ohne wenigstens deine Stimme am Telefon zu hören. Ich komme mir vor, als hätte ich eine Heldentat vollbracht. Nicht angerufen zu haben erscheint mir wie eine Heldentat. Wie kann etwas, das man nicht tut, eine Tat sein, und dann auch noch eine heldenhafte?

Und du, warum hast du nicht angerufen? Ja, es stimmt, ich hatte es dir verboten, ich hatte dir gesagt: »Ruf mich nicht an«, aber ich wollte, dass du es trotzdem tust, mein Verbot übertrittst, und mir damit beweist, dass dein Wunsch – mehr noch, dein Willen – stärker ist als die Hindernisse, die ausgerechnet ich dir in den Weg lege.

Ohne es zu merken, hatte ich dich auf die Probe gestellt. Doch im Märchen sind es nicht die Prinzessinnen und Prinzen, die andere auf die Probe stellen können; es ist das grausame Schicksal, welches sich nach dem Zufallsprinzip oder einem geheimnisvollen Plan entscheidet und sich in Hexenkunst oder Drachenzauber äußert. Ich, die ich weder Merlin noch Morgana bin, habe versucht, mir deren Zauberkraft anzumaßen. Aber wer mit dem Feuer spielt, verbrennt sich.

Jeden Tag nahm ich mir vor, mich zurückzuhalten, und klammerte mich an diesen Gedanken: »Wenn du mich nicht anrufst, werde ich es auch nicht tun, nie wieder, weil ich das nicht darf, weil diese ganze Geschichte falsch ist, ein Wahnsinn; aber wenn du mich anrufst, obwohl ich es dir verboten habe, dann bedeutet das, dass uns etwas verbindet, das stärker ist als wir, etwas, dem ich mich nicht entziehen kann.«

Jeden Tag musste ich etwas Neues erfinden, um meinen Kopf von morgens bis abends und schließlich auch nachts zu beschäftigen, um zu versuchen, nicht daran zu denken, um nicht einmal die Zeit zu haben, dich anzurufen, nicht mal fünf Minuten. Weit weg vom Telefon wie von einem giftigen Pfeil.

Ich fuhr über das Wochenende weg, nur um fort zu sein aus dieser Stadt, aus den Straßen meines Viertels, wo ich weiß – wo ich hoffe –, dass ich dich an jeder Kreuzung treffen könnte, aus dieser Wohnung, in der mir bei jedem Telefonklingeln das Herz bis zum Halse klopft.

Ich bin mit Frances ans Meer gefahren, wo einer unserer Schulfreunde ein Haus hat, die anderen sind auch mitgekommen, wir hatten viel Spaß.

Und nichts hat irgendetwas genützt.

Ich habe nicht einen Augenblick aufgehört, an dich zu denken; von Zeit zu Zeit meinte ich, deinen Geruch in der Luft wahrzunehmen, spürte ich deinen Körper geradezu physisch auf mir. Alles andere war nicht mehr als eine Ablenkung – mehr oder weniger angenehm, mehr oder weniger interessant – von meiner Besessenheit.

Meiner Besessenheit von dir.

Du hast angerufen.

Ich bin Merlin, ich bin Morgana, ich bin ein Zauberer, eine Hexe, und bestimme über das Schicksal.

Du hast angerufen.

Ich muss nichts mehr beschließen, die ungeheure Entscheidungslast ist von meinen Schultern genommen. Dank meiner Zaubersprüche liegt die Entscheidung ganz allein bei dir, und mir bleibt nichts, als sie anzunehmen, wenn ich will.

Ich will.

Wahnsinnig gern.

Endlich betrete ich wieder diese Wohnung.

Ich habe sie so selten gesehen und spüre doch so sehr, dass sie ein Teil von mir ist und ich ein Teil von ihr.

Das Wohnzimmer ist lichtdurchflutet, mit dem warmen, rotgoldenen Licht des Spätnachmittags, kurz vor Sonnenuntergang.

Der Sonnenuntergang.

Wir sehen uns fast immer um diese Zeit – wie heute –, weil du gegen halb sechs, sechs von der Arbeit kommst, und es gefällt mir, dass dies der Zeitpunkt unserer Treffen ist. Der Nachmittag hat eine Wärme, die die Nacht nicht kennt. Ich habe den Nachmittag immer erregend gefunden, vor allem in den ersten Stunden, die erfüllt sind von der faulen Schläfrigkeit nach dem Mittagessen, der Sommersonne, dem verbleibenden Kaffeegeschmack im Mund. Es stört mich nicht, den Zeitpunkt etwas nach hinten verschoben zu haben.

In Paris ist sechs Uhr »die Stunde der Liebe«. Durch die Stadt strömt eine so heftige Begierde, dass sie in der Luft greifbar ist, und Frauen und Männer schreiten schnellen Schritts aus und eilen zu den sie erwartenden Liebhabern.

Das alles ist wahr, auch hier, wo nicht Paris ist: Um sechs eile ich zu dir.

Das Nachmittagslicht gestattet es dem Auge, sich jeden Tag eine neue Einzelheit anzueignen, nach und nach Einrichtungsgegenstände jenem Zimmer hinzuzufügen, welches sich in die Erinnerung gebrannt hat und, wenn auch nie ganz vollendet, dem Wohnzimmer deiner Wohnung entspricht.

Jeder Gegenstand hat seinen Platz.

An der linken Wand, dem Fenster gegenüber, steht ein cremefarbenes Sofa mit gleichfarbigen Kissen, ein langes, bequemes, dreisitziges Sofa. Auf das wir uns fast nie setzen. Denn das schönere Sofa, unseres, ist dasjenige unter dem Fenster, und hebt man den Kopf aus den Kissen, in die dieser versunken ist, sieht man den Himmel, die oberen Enden der Balkonpflanzen und eine Ecke des roten Hauses der Nonnen gegenüber.

Dieses andere Sofa ist aus dunkelgrünem, fein geripptem Samt, und darüber liegt ein Baumwolltuch mit kleinen schwarzen und goldgelben Zeichnungen auf grünem Hintergrund.

Auf dem Tuch, heute, wir.

Beinahe nackt, noch nicht ganz.

»Lass uns den *Schwestern* etwas Lehrreiches zeigen!«, sagst du fröhlich, während du mir das letzte Kleidungsstück ausziehst. Mit einer Fingerspitze verfolgst du sorgfältig den leichten Abdruck, den das Gummi meines Höschens auf der Haut zurückgelassen hat.

Wie immer beteilige ich mich nicht, will nichts zu deinem Tun beitragen, will spüren, dass ich deine Beute bin, unfähig, mich aufzulehnen. Ich bewege mich nicht, oder wenn, dann nur im Versuch, dich zu behindern. Aber was du da tust, gefällt mir immer besser, ich fühle es, auch wenn ich weiterhin versuche, die Kontrolle zu behalten.

Deine Hand gleitet tiefer, unter den auszukundschaftenden Stoff, sie wandert hinunter – ich habe weiche Knie vor Erregung, weiß nicht, wie ich es ertrage, nicht zu schreien –, sie streicht vor und zurück, gibt sich dann allerdings nicht zufrieden, sucht nach Zwischenräumen, einer schwierigen Öffnung; instinktiv ziehe ich mich in die Kissen zurück, aber dein Finger ist so nass, dass er fast keine Gewalt anwenden muss und mühelos hineinfindet, und dein Mund verzieht sich zu einem zufriedenen Lächeln. Du hättest vielleicht auch gerne ein Stöhnen, das ein wenig nach Schmerz klingt, und vielleicht bin ich heute sogar so gut, dir diesen Gefallen zu tun: »Au, du tust mir weh.«

Ich kann nicht »ja« oder »nein« sagen. Ich kann nicht erkennen, was ich selbst will. Ich kann nur auf den Willen eines anderen eingehen. Auf deinen. Du machst mit mir, was immer du willst, heute Nachmittag könntest du mich auch an Händen und Füßen und Hals fesseln, und ich würde dich gewähren lassen. Ich kann mich nicht für Widerstand oder Mittun entscheiden. Ich lasse einfach zu, was du tust. Ich lasse es geschehen und tue nur so, als wären deine Befehle übertrieben; ich lasse es geschehen und spiele Theater: Ich mag diese Rolle.

In Wahrheit will ich dich, wie ich nie irgendetwas in meinem Leben gewollt habe.

Ich brauche dich, um zu überleben.

Ich glaube, ich würde sterben, wenn du mich jetzt nicht berühren, nicht in deinen Geruch einhüllen, nicht durch die Poren deiner Haut atmen lassen würdest. Deine Haut ist mein Reich, mein Kleid, mein Ruhekissen. Wenn ich mich an deinen Arm lehne, kann ich in seiner Beuge einschlafen wie im Flügel eines großen Vogels,

Herr der Lüfte. Wenn meine Fingerkuppen über deine Brust streichen, genießen sie das prachtvolle Rascheln, wie wenn man mit den Fingern über Samt fährt. Wenn ich unter meinen offenen Händen deinen weichen Bauch spüre, die Spannung eines Schenkels, die Kraft einer Schulter, und ich hinfasse und zudrücke, überwältigt mich eine Welle von Trunkenheit: Was da unter meiner Haut ist, gehört mir, ist ein Teil von mir, ich habe ein Recht auf Leben und Tod darauf. Du bist mein Reich. Du vergewaltigst mich, und ich herrsche über dich.

»Ja? Ich tue dir weh? Ich mag es, dir wehzutun, und dir gefällt es auch, gib's doch zu, ein bisschen Schmerz verstärkt die Lust, das weißt du doch, oder?«

Nein, das weiß ich nicht, ich habe das zwar immer dunkel gespürt, habe davon geträumt und mir, um mich zu erregen, häufig Szenen der Unterwerfung vorgestellt, eine Peitsche auf der Haut, Fesseln an Hand- und Fußgelenken, auseinander gezwungene Beine, ein Körper, in den man gewaltsam Finger, Gegenstände, einen erigierten Penis einführt.

Ich habe immer davon fantasiert und es nie selbst erfahren, und auch bei dieser Fantasie kann ich nicht sagen, ob sie Frucht meines eigenen Wunsches ist oder vielmehr ein von Büchern und aufgeschnappten Worten bestimmter Reflex. Reflex der Fantasie anderer.

Ich weiß nicht, was Sex für mich bedeutet, ich habe es noch nicht verstanden und sollte es doch nach so vielen Jahren wissen – und eine Zeit lang glaubte ich, das auch zu tun. Sex ist der körperliche Ausdruck der Liebe, die man für einen Menschen empfindet, so dachte ich. Jetzt weiß ich nichts mehr. Vielleicht ist Sex auch dieser Schmerz, den du mir angeblich zufügen möchtest, vielleicht schon allein die Tatsache, dass du es mir sagst. Deine Worte mit ihrem Versprechen von Lust und Leiden erregen mich, es erregt mich schon, dich sprechen zu hören. »Ja«, sage ich, »ja«, während ich dich in mich eindringen lasse und das Gewicht deines Körpers mich gegen das Sofa mit dem grüngoldenen Tuch drückt, welches uns empfängt.

Manchmal bin ich wie benommen von meinen Gedanken, und ich vergesse, was ich gerade tue, wer zu mir spricht, fixiere einen bestimmten Punkt und verliere mich.

Seit ich dich kenne, passiert mir das ständig.

Wenn ich daran denke, dass du mir ganz gehörst, wenn ich deinen Körper wieder unter meinen Händen spüre, löst sich alles um mich herum in Nichts auf. Nur noch diese meine Macht existiert.

Ich lösche alles andere und bin wieder in deiner Wohnung. Die Heftigkeit meiner Begierde und die Klarheit der Erinnerung erlauben es mir, dort einzutreten – schieben mich oft hinein – wie in eine virtuelle Wirklichkeit.

Die Fantasie ist die mächtigste virtuelle Wirklichkeit, die es gibt.

Ich kann die Gerüche wieder wahrnehmen.

Ich wittere schnuppernd die Luft, wie ein Hund, und rieche den Weihrauch, der auf seinem Stein verbrennt, rieche das weiße Moschusöl, das du als Parfüm benutzt und mit dem du mich manchmal massierst.

Wie heute.

Heute hattest du einen guten Tag.

Keine Angriffe mit Fesseln oder schlicht Handgreiflichkeiten. Keine Übergriffe.

Wir schienen beinahe zwei normale Menschen zu sein, beinahe ein Paar.

Wir liegen umschlungen auf dem Bett, statt wie üblich auf dem Sofa, und sehen uns einen Film an, einen der vielen James Bonds, den mit dem Meteor am Schluss. Den ganzen Film über sind wir brav, Küsse, Küsschen, Liebkosungen, hier und da eine etwas gewagtere von dir. Aber ich will so tun, als hielte ich uns für fähig, ruhig auf einem Bett zu liegen, ohne früher oder später übereinander herzufallen, denn unsere Beziehung besteht doch nicht nur daraus, nein.

Eine Weile gehst du auf mich ein, hast Spaß daran, mein Spiel mitzuspielen. Du machst ein paar Kommentare über den Film, streifst mich zerstreut, trinkst Cola aus einer Dose. Du suchst sogar nach einem anderen Film, den wir uns nach Bond ansehen könnten, oder wenigstens nach einem interessanten Programm. Beim Zappen landest du zufällig bei *Ruf mich an!!!*, einer Hotline mit aufgeblasenen Puppen, die sich mit Öl einreiben, ihre Brustwarzen kneten, sich mit dem Telefonhörer zwischen die Beine fahren, damit der Anrufer weiß, was ihn am anderen Ende der Leitung erwartet.

»Die Armen kann man sich ja echt nicht ansehen«, bemerkst du mild, »der Anblick turnt mich ganz bestimmt nicht an.«

»Ja, echt nicht«, stimme ich dir zu. Ich möchte dir glauben.

Du machst den Fernseher aus. Schaust mich an.

»Ich massiere dich ein wenig, dann entspannst du dich: Spür mal, wie angespannt du bist, spür mal hier, die Halsmuskulatur«, und es stimmt wirklich, der Hals ist meine Schwachstelle, immer ausgestreckt wie ein das Leben abtastendes Periskop.

Zunächst benutzt du nur deine Hände, dann einen dieser extra für den Rücken gedachten Massageroller. Du bearbeitest die Wirbelsäule, die Halsmuskulatur, die Schultern, den Hintern, die Schenkel, wieder und wieder, bis mir durch die Reibung ganz warm wird. Du drehst mich um. Du fährst damit über die Brust, den Bauch, die Beine, verständig verweilst du innen an den Schenkeln, wanderst von einem zum anderen, immer über die Mitte, und zwingst mich durch die Erregung, die Beine weiter und weiter zu spreizen. Als du siehst, dass ich nicht mehr den geringsten Widerstand leiste – ich habe die Augen geschlossen und beiße mir auf die Lippen –, streifst du mir die Kleider ab.

»Ich will gar nichts tun, dich nur besser massieren.«

Klar, da habe ich nicht den geringsten Zweifel.

»Lass die Augen aber zu.«

Ich höre dich im Nachtkästchen wühlen, dann lässt mich ein kalter Tropfen auf dem Bauch zusammenzucken: Ich weiß, was du getan hast, du musst ein wenig Moschusöl auf mich gegossen haben, ich rieche es. In die kleine Vertiefung des Bauchnabels tauchst du etwas ein, was nicht dein Finger ist, ich spüre ein leichteres Kitzeln, wie von einer Feder. Ich blinzle mit einem Auge und sehe dich einen dünnen Malerpinsel eintauchen, mit den Schnörkeln deiner Träume bemalst du meinen Bauch. Du schreibst, schreibst dein Epos, schreib ruhig die ganze *Göttliche Komödie* noch einmal, schreib ruhig tausend Haikus: Ich werde dich nicht zurückhalten.

Du skizzierst unendlich viele Striche einer Zeichnung, die nur du siehst – meine Haut ist deine Leinwand –, du streichst Richtung Brust und fährst ihre Kontur nach, wagst dich auf die Pfade der Rippen vor, umkreist die Bojen der Brustwarzen einmal, zweimal, mehrmals und dann wieder hinunter, versinkst im Bauchnabel und folgst von dort an entschlossen der Geraden, die nach unten führt. Nun hast du genug gespielt. Mit einer Hand streichst du die weiche Haut glatt, tauchst den Pinsel ein, um ihn gut zu befeuchten, dann fährst du sorgfältig mit der Pinselspitze über mein nun schon seit Stunden erregtes Geschlecht, bis du spürst, wie die Deiche brechen – die Flutwelle, meinen Schrei.

Von meinem Orgasmus erregt, genügt es dir, deinen Penis an meinen Bauch zu legen und meine Wärme zu spüren, und schon explodierst du.

Du hast an meine Lust gedacht, du hast dich um mich gekümmert.

Dieser Gedanke erfüllt mich mit Zärtlichkeit und Dankbarkeit.

Ich würde dir gern alle Liebesworte sagen, die ich im Lauf der Jahre gelernt habe, dir von A bis Z mein Wörterbuch vorlesen.

Ich sehe dich an.

Du hast immer noch deinen Kindermund.

Ich sehe dich an, schweigend.

Ich habe Angst, die falschen Worte zu benutzen.

Und du, würdest du es ertragen, geliebt zu werden?

Sicher könnte ich deine Ablehnung nicht ertragen.

Ich suche nach anderen Gedanken.

Vielleicht hast du dich nur deswegen so um mich bemüht, weil es dich erregt, und ich bin dir in Wirklichkeit vollkommen gleichgültig. Ja, vielleicht ist es so, was garantiert mir das Gegenteil?

Vielleicht verschaffst du mir Lust, nur um dich mächtig zu fühlen. Ich sehe es daran, wie gekränkt du bist, wenn ich nicht komme. Verletzt, wütend, enttäuscht. Wie ist das möglich, du gibst dir doch alle Mühe? Diese Frage stellst du dir und findest keine Antwort. Das kannst du nicht ertragen und hasst mich beinahe. Du meinst, ich verweigere dir weitere Befriedigung. Du hast sogar den Verdacht, dass ich es mit Absicht tue, um dir wehzutun.

Warum begreifst du nicht?

Ich fühle mich schuldig.

Mit dir Liebe zu machen stellt mein ganzes Leben auf den Kopf.

Würde ich jedes Mal empfinden, was ich heute empfunden habe, wäre das das Ende. Ich würde denken, nicht mehr ohne leben zu können. Nicht mehr ohne dich leben zu können. Ich gestehe mir die Lust nur als extremen Luxus zu, wenn sie durch das, was du tust, unvermeidlich in mir aufsteigt, wegen der Mühe, die du dir gibst, der unerwarteten Liebenswürdigkeit, die mitunter deine schroffen Handlungen begleitet.

Ich habe keine Angst mehr vor dir und gebe mich hin.

Sonntag.

»Los, aufstehen, beeil dich, die Großeltern kommen gleich.«

Ich erwache mit diesem Gedanken, der so intensiv ist, dass ich beinahe Mutters Stimme aus meiner Kindheit zu hören vermeine. Am Sonntagmorgen ist das Aufstehen schöner – auch wenn man länger schlafen könnte, weil keine Schule ist –, denn da kommen Opa und Oma mit dem Gebäck, den Umarmungen, den fünftausend Lire Taschengeld und allem anderen: »Oh, unsere Enkel!«

Die Großeltern kommen nicht mehr, die Großeltern sind tot.

Schon so lange, dass mir ihre Abwesenheit in meinem Leben zur Gewohnheit geworden ist – schon fast nicht mehr schmerzhaft, nur – manchmal – erfüllt von Sehnsucht.

Ihre in graue Mäntel gehüllten Gestalten grüßen schon von weitem die fröhlichen und eigenwilligen Kinder (»krause Haare, krauser Sinn!«, und ich war sehr kraus), die ihr Augenstern waren. Wenn sie hinter der Tür auftauchen und winken, wedle ich mit dem ersten

Gegenstand, der mir in die Finger kommt, und wenn's die weißen baumwollenen Spitzensöckchen sind, mit denen mich Mama zur Feier des Tages herausgeputzt hat.

Wer weiß, wie's kommt, wer weiß, was heute Morgen beim Aufwachen in meinem Gehirn dieses Gefühl von damals ausgelöst hat, dieses aufgeregte Glücksgefühl bei der Vorstellung, die Großeltern zu empfangen. So überzeugend, als könnte ich ihre unmittelbare Gegenwart mit Händen greifen.

Dann gewinnt die Erinnerung an die Wirklichkeit die Oberhand, und ich brauche mich nur im Bett umzudrehen und mein Gesicht zu berühren – die gerade aus dem Gesicht ragende Nase –, um mir bewusst zu werden, dass ich nicht mehr sieben bin, dass jene Zeit vorbei ist, und alles andere folgt auf dem Fuß.

Da ist eine kleine Prozession vorwärts marschierender Puppen, das Puppenhaus mit Möbeln, Porzellantellerchen und -tässchen, Stoffpuppen, auch der Bleisoldat ist dabei – den hatte ich ganz vergessen, der aus dem Märchen, der auf einem Bein steht – und mit ihm die Ballerina im weißen Ballettröckchen und all die farbigen, zu unmöglichen Konstruktionen zusammengesteckten Legosteine und die vielen Barbiekleidchen und die Bilderbücher von Richard Scarry und *Mama Bär* und *Mama Gans*, all die zum Leben erwachten Märchen. Alle marschieren sie auf und ab und tanzen nach einer unhörbaren Musik durch die Luft, und in ihrer Mitte tauchen die Großeltern auf, mit ihren dicken Mänteln und Hüten – Opas Borsalino und Omas rosa Käppchen aus federleichter Wolle –, und da ist auch das Kindermädchen mit der großen, weißgrün karierten

Schürze und den noch mehlweißen Händen – wer weiß, ob sie Fettuccine oder Timballo gemacht hat –, sie alle hüpfen in einer Reihe im gelben Zimmerchen mit der Vogeltapete an den Wänden auf und ab, folgen ihrem magischen Flötenspieler – mir – und die anderen lockigen Kinder im Sonntagskleid – alle laufen sie hinter der ob der Schönheit ihres Reiches glückseligen Flötenspielerin her, alle bewegen sich auf der Welle der unhörbaren Musik: Das Fenster geht auf, und alle fliegen sie davon.

Es ist Sonntag und die Großeltern sind nicht da.

Wahrscheinlich hasse ich den Sonntag deswegen.

Ich habe nie verstanden, was das eigentlich für ein Tag sein soll. Ist er gerade oder ungerade? Wenn Montag, Mittwoch und Freitag die ungeraden Tage sind, dann müsste auch der Sonntag einer sein, aber gleich danach kommt wieder der Montag, es können nicht zwei ungerade Tage aufeinander folgen. Und was dann? Ist er gerade? Oder einmal ungerade und einmal gerade? Oder ist er wie die Null, die weder ungerade noch gerade ist? Genau, der Sonntag ist eine Null. Und ist er der Anfang oder das Ende der Woche?

Die einfachste Lösung ist, dass der Sonntag nichts ist.

Aber »der Sonntag ist der Tag des Herrn«. Genau, des Herrn. Nicht meiner. Ich weiß mit dem Sonntag nichts anzufangen.

Ich weiß, dass ich dich nicht sehen werde, weil uns nach einer geheimnisvollen stillschweigenden Übereinkunft nur die ungeraden Tage vorbehalten sind, aber ich habe dich schon gestern nicht gesehen, wie soll ich das auch heute durchstehen? Ich werde eine Kompromisslösung finden, wie immer, wie Liebe machen, ohne Lust zu empfinden.

Ich werde das Telefon benutzen.

»Ja, hallo?«

»*Ciao* … ich bin's.«

»Oh, *ciao*, wie spät ist es denn?«

»Oh, entschuldige, ich hab dich aufgeweckt, ich wollte dich nicht stören …«

»Aber nicht doch, es wird schon schrecklich spät sein, und dann störst du doch nicht, ich bitte dich.«

Wie förmlich wir am Telefon sind.

»Ich hatte Lust, deine Stimme zu hören, und dann habe ich dich angerufen.« Mir scheint, ich muss mich rechtfertigen.

»Gut so, man soll seine Lüste immer befriedigen …«

So, Ende der Formalitäten.

In deiner verschlafenen Stimme ist ein Anflug von Anzüglichkeit aufgeblitzt, aber ich will es nicht hören, ich habe dich nicht deswegen angerufen.

»Ich wollte nur deine Stimme hören.« Plötzlich spüre ich meine Einsamkeit so stark, dass ich mich nicht mehr schäme, meine Liebe zu dir durchklingen zu lassen, und so erlaube ich meinem Tonfall, sie zu verraten.

»Da hast du meine Stimme; wenn du willst, singe ich dir auch was vor, ich klinge noch ein wenig rau, aber na ja … ich würde hingegen gerne etwas ganz anderes hören!« Du versuchst, mich zu provozieren.

»Schwer am Telefon.« Ich widerstehe. Ich habe dich nicht deswegen angerufen, warum verstehst du das nicht?

»Wie kommt es nur, dass wir heute Morgen so wenig Fantasie haben, was ist los? Du weißt, du musst nur zu mir sprechen, für mich ist das so, als wärest du hier, ich kann dich sehen … sag mir, was du mit deiner Hand machst, was du mit mir machen würdest, sag mir, was wir morgen tun werden. Los, sag es mir.«

Du bist wieder mein Gebieter, deine Worte klingen nun wie entschiedene Befehle, und hier gebe ich für gewöhnlich nach. Ich liebe es, Befehle zu empfangen und auszuführen, so wie ich es liebe, welche zu erteilen. Man hat mir sehr früh beigebracht, dass man erst lernen muss zu gehorchen, bevor man selbst befehlen kann, und mit der Zeit habe ich die Wahrheit dieser Lehre am eigenen Leib erfahren; ich glaubte jedoch nicht, dass sie sich beim Sex am vollkommensten erfüllt. Nur dass ich heute Morgen nicht die geringste Lust habe, irgendeine Rolle zu spielen.

Es tut mir Leid, ich mache gerade nichts mit meiner Hand.

Du bist gut gelaunt, hast Lust zu spielen.

Wir verstehen uns fast nie.

Unsere Gedanken, unsere tiefen Gefühle – die, welche auf Zuneigung beruhen – sind meilenweit weg.

Oder vielleicht sind wir phasenverschoben und empfinden dasselbe in verschiedenen Augenblicken. In diesem Moment ist Sex der letzte meiner Gedanken, und die Traurigkeit, die die verschwundenen Gespenster meiner Verwandten in mir hinterlassen haben, hindert mich daran, dir den Gefallen zu tun. Ich bin genervt und werde schroff.

»Entschuldige, ich muss Schluss machen. Ich glaube, das Mittagessen ist fertig.«

»Aber du hast angerufen, da dachte ich, du hättest etwas Zeit …«

»Tut mir Leid, meine Großeltern sind zum Mittagessen da, und ich kann sie nicht warten lassen.«

Ich schicke dir einen Kuss und lege auf, ohne dir Zeit für eine Antwort zu lassen, dabei weiß ich genau, dass ich es den ganzen Tag bereuen werde. Dass ich dich angerufen habe, dass ich dich nicht dahin bringen konnte, wo ich dich haben wollte, dass ich mit keinem Schritt auf dich zugegangen bin. Ich werde diesen verdammten Sonntag mit einer Hand auf dem Telefon verbringen, mir nicht gestatten, der Versuchung nachzugeben, dich noch mal anzurufen, und bei jedem Klingeln zusammenzucken.

Gut, dass morgen Montag ist.

Das muss ich dir lassen: Seit ich dich getroffen habe, liebe ich den Montag, kann ich es kaum erwarten, dass die Woche anfängt.

Wenn ich in der Früh aus dem Haus gehe, sehe ich die Leute mit dem Morgen kämpfen, die Männer mit ihren noch vom Bett verwuschelten Haaren, die Frauen, die sich an den Ampeln die Lippen schminken (nach jahrelanger Übung brauchen sie nicht mal mehr in den Spiegel zu sehen), die Scheibenwäscher, die in exakt derselben begrenzten Zeit die Windschutzscheibe geputzt haben und nun auf ihr Geld warten, die Schulkinder, die mit Rucksäcken beschwert die Zebrastreifen überqueren, und alle – Männer, Frauen, Kinder – mit dem gleichen blassen, matten Montagsgesicht. Sogar die indischen Scheibenwäscher sind blass unter ihrer farbigen Haut.

Nur ich nicht. Nur ich habe rosige Wangen und einen leicht dümmlichen Ausdruck im Gesicht, teils verzückt, teils entrückt bei dem Gedanken, dass ich dich bald sehen werde. Montag ist ein wunderbarer Tag, und bis vor wenigen Wochen wusste ich das nicht.

Wir haben uns an einem Montag kennen gelernt.

Bei einem Fest, zu dem ich nicht hingehen wollte – das ist immer so.

Ich hatte nicht die geringste Lust, an dem Abend wegzugehen, ich war so müde, dass ich schon um neun sehnsüchtig an mein Bett dachte, und schließlich geht man ja am Montag fast nie aus. Dann tauchte Bianca auf. Sie wollte nichts davon wissen, allein zu einem Fest zu gehen, wo sie niemanden kannte außer dem Gastgeber. Mein schon von Natur aus schwaches »Nein« wurde immer leiser. Und dann dachte ich, wann sich wohl wieder eine Gelegenheit bieten würde, mit Bianca auf ein Fest zu gehen, nur wir beide, da Frances beruflich unterwegs war.

Also machen wir uns zurecht, sie mit einem langen, bedruckten roten Seidenkleid, ich mit schwarzer Hose, Satinbluse und kurzer Weste, sodass ich mir beinahe wie ein Torero vorkomme und bei dem Gedanken an einen Stier erschaudere. Im Bad vor dem Spiegel strecke ich meinen Arm aus wie eine Lanze, den Finger gegen mein Spiegelbild gerichtet, mit dem anderen Arm ein Handtuch schwenkend; dann übernehme ich auch den Part des Stieres, stampfe mit meinen schwarzen Schuhen auf den Marmorboden, schnaube drohend durch die Nüstern, die ausgestreckten Zeigefinger Hörnern gleich an die Stirn gelegt, und fordere im Spiegel das verwandelte Bild des Toreros heraus. Der nun der Stier ist. Der ich bin. Stier und Torero verschmelzen, gehören zusammen wie Pfeil und Bogen. Ich habe noch nie eine Corrida sehen wollen, habe das Ganze immer für ein schreckliches Schauspiel gehalten, und doch begreift etwas in mir sie als dunkle Notwendigkeit.

Wo bist du, mein Stier, wo bist du, mein Torero?
Ich erblicke die in Rot gehüllte Bianca und sehe mein Tuch.

Wir kommen schon lachend im Lokal an, erfüllt von jener trockenen Trunkenheit ohne auch nur einen einzigen Tropfen Wein im Körper. An der kleinen grünen Tür die viel versprechende Leuchtschrift: Fegefeuer.

Sofort höre ich *die Stimme*: »Was machst du da, nachts unterwegs ohne Frances, und warum lachst du so?«

Und wieder, während ich mir die Gäste ansehe, die bereits vor der Band tanzen oder an den Tischen sitzend Gin-Tonic trinken: »Warum ist Frances nicht da? Die labilen Menschen sollte man nie allein lassen, die treffen schnell jemanden.«

Ich weiß, dass ich heute Abend jemanden treffen werde, ich spüre es.

Und als wir es schaffen, den Gastgeber zu erreichen, nachdem wir über den Kreis der Feiernden gestiegen sind, die sich gegenseitig zuprosten und ihre Geschenke abliefern, noch einmal *die Stimme* in meinem Kopf: »Er wird es nicht sein!«

Er ist es.

Du bist es.

Eine andere Stimme – Bianca – schreit: »Herzlichen Glückwunsch, aber ein Geschenk gibt's nicht: Ich hatte einfach keine Zeit, und ich wollte dir nicht irgendwas x-Beliebiges mitbringen ...«, aber du unterbrichst sie: »Wieso kein Geschenk? Da steht es doch! Von wegen irgendwas x-Beliebiges!«, und du packst mich am Handgelenk.

Auf deine Bemerkung fällt mir nichts Besseres ein als ein Gruß.

Während des Festes verfolgen wir uns mit Blicken und Schritten, lassen nur davon ab, um uns wieder überraschen zu können, mischen uns unter die anderen wie unter einen Stoß Karten, überzeugt, die Joker zu sein.

In der Dunkelheit verlieren wir uns nicht aus den Augen, als phosphoreszierten wir füreinander; wir sagen uns ein paar sinnlose Worte, als wir in der Menge tanzen, die sich der Musik hingibt, während die Nacht immer tiefer im Boden der ausgetrunkenen Gläser versinkt und die Leute auf Stühlen und Tischen tanzen; auch ich habe mir einen Stuhl von der Wand geschnappt, aber um mich auf die Lehne zu setzen, und von dort sehe ich dich an.

Du reichst mir die Hände und nimmst meine, legst sie dir auf die Schultern, hilfst mir hinunter und lässt mich dabei auf dich rutschen, mein Körper gleitet auf den deinen, so eng, dass ich die Spannung jedes einzelnen Muskels fühle und dann etwas, was kein Muskel ist; ich wünschte, du würdest mich die Erde nicht mehr berühren lassen, den ganzen Abend möchte ich so in der Luft hängen bleiben. Als mein Gesicht die Höhe deines Mundes erreicht hat, öffnest du ihn und knabberst an meinem Kinn, dann an den Lippen und der Zunge – sofort öffne ich instinktiv den Mund –, und es wird ein langer, sehr langer Kuss, schöner noch als im Film.

»Was machst du da?«, schreit *die Stimme*.

Ich habe den Kopf verloren, belästige mich nicht.

»Mich kannst du ja noch loswerden, jemand anderen nicht.«

Du hast ja Recht, aber jetzt gibt es niemand anderen, lass mich den Abend beenden, dann werde ich die Erinnerung an alles auslöschen und nicht mehr aus der Rolle fallen, versprochen.

»Der Weg zur Hölle ist mit guten Vorsätzen gepflastert.«

So, du hast wie immer alles kaputtgemacht, also hör, was du mich jetzt zu sagen zwingst: »Es ist furchtbar spät, ich muss los, Bianca wollte nicht länger als bis zwei Uhr bleiben …«

Und als hätten sie und *die Stimme* sich abgesprochen, ist Bianca auch schon aufgetaucht, um mich an einem Arm davonzuzerren, während ich mich aus den deinen löse. Sie sieht beunruhigt, beinahe erschüttert aus.

»Was fällt dir nur ein, wen willst du denn auf diese Weise provozieren?!«

Ein Kuss, Bianca, es war doch nur ein Kuss …

Du verziehst keine Miene, obwohl man dir eben das gerade erst ausgewickelte Geschenk wegnimmt: »Gute Nacht, ich rufe dich morgen an, ich lasse mir von Bianca deine Nummer geben.«

Bei diesem Gedanken überwältigt mich eine Welle der Bestürzung: Wer dachte denn an morgen?

»Nein, besser nicht, ruf mich morgen nicht an.«

»Passt es dir morgen nicht? Dann ruf ich dich übermorgen an!«

Mit einem Lächeln verschwindest du in der Menge und hinderst mich an der Antwort, die mir weiter auf der Zunge brennt.

Ich bin dann doch ans Telefon gegangen.

Es war Mittwoch.

»Na, wann sehen wir uns?«

Ich hätte es wissen müssen, dass du anrufen würdest, warum bin ich so verlegen? »Ich weiß nicht …« Ich bringe kein Wort heraus, fürchte, dass meine Stimme zittert und meine Aufregung verrät.

»Macht nichts, ich weiß es: Ich warte um halb sechs bei Mondi an der Milviobrücke auf dich. Ich werde da sein. *Ciao!*«

Du legst gleich wieder auf und lässt mir so keine Zeit für eine Antwort.

Gerade wollte ich »nein, ich kann nicht« sagen, ich wollte es wirklich gerade sagen, und jetzt? Jetzt werde ich trotzdem nicht kommen, wohl wissend, dass du auf mich wartest. Du hast alles allein gemacht, du hast entschieden, jetzt geh du auch hin. Ich werde nicht kommen, ich will nicht, ich kann nicht.

Aber warum? Weil wir uns neulich Abend so geküsst haben, schöner noch als im Film? Aber heute ist Nachmittag, es ist Tag, um halb sechs ist es noch hell, das ist etwas anderes, was kann schon passieren, wenn man sich in einem Café trifft? Es ist wichtig, sich bei Tageslicht zu sehen, es ist die Feuerprobe: Wir haben uns nachts kennen gelernt, da kann es sein, dass wir uns tags nicht mehr gefallen.

Vielleicht war es nur ein Abend.

Bianca hat von dir immer wie von einem besonderen Menschen erzählt: »Du musst ihn unbedingt kennen lernen.« Na also, eben, was ist schon dabei, ein Kuss muss nichts bedeuten, ich werde kommen und dich kennen lernen.

Mit einer kleinen Verspätung komme ich beim Café an, weil ich es nicht ertragen könnte, auf dich warten zu müssen: Ich möchte, dass du schon da bist, vielleicht ungeduldig, stattdessen komme ich dir um Haaresbreite zuvor. Während ich mich bücke, um das Mofa abzuschließen, sehe ich dich von unten, wie du in deiner mir schon so vertrauten übermütigen Art näher kommst, enge Jeans und hellblaues Hemd, die ersten beiden Knöpfe offen, daraus hervorragend der Stiernacken.

Ist es so? Bist du der Stier?

Ich habe dasselbe an wie neulich Abend, nur die Bluse ist eine andere, aber auch heute trage ich die Weste, die schwarze Hose, die Schnürschuhe.

Es ist diese absurde Theorie der Glückskleider, an die man in der Schule glaubte: War eine Prüfung gut gelaufen, zog man bei allen weiteren dasselbe an, was man an jenem Tag getragen hatte (das galt natürlich nur für die geplanten und vorhersehbaren mündlichen Prüfungen). So entstanden zwei Prüfungsuniformen: eine für den Winter und eine für den Sommer.

Nicht alle vertrauten wir auf diese Theorie, es war vor allem ein weiblicher Aberglaube, mal achtete ich darauf, mal nicht. Heute habe ich darauf geachtet.

Ich schließe die Mofakette ab, kauere mich in jener unbequemen Haltung auf den Boden, in der man als Kind auf die Wiese machte, und denke, dass mich ein schlecht geparktes Auto vor deinen Blicken verbirgt, doch während ich mich am Schloss zu schaffen mache und mir dabei einen Finger einklemme, lassen mich zwei Hände auf meinen Schultern zusammenzucken. Dann berührt mich eine Hand am Hals, die andere greift mir unter die Achseln und zieht mich hoch.

»Sperr gar nicht erst ab, wir fahren sofort«, sagst du, während du mich zu dir drehst.

Ich beobachte dein Gesicht unter den Strahlen der schönen Nachmittagssonne, und einen Augenblick halte ich mein Gefühl für Erleichterung. Vielleicht gefällst du mir nicht mehr.

»Wie geht's dir?«, fragst du mich, und die Hand an meinem Hals gleitet hinunter bis zur Hüfte.

Mir zieht es den Magen zu.

»Danke, gut, und dir?« Ich lüge ungeniert. In Wirklichkeit bricht mir der kalte Schweiß aus, ich zittere, mein Mund ist ausgetrocknet wie vor einer Prüfung. Vielleicht habe ich deswegen die Legende der Glückskleider wieder ausgegraben.

»Warum gehen wir gleich? Wollen wir nicht einen Tee trinken? Es ist Viertel vor sechs, fast die richtige Uhrzeit.« Ich versuche einen Scherz, aber du hast mich schon auf die Folter gespannt. Wo willst du hin? Du hast schon etwas entschieden, das ist sicher, du hast das Spiel in die Hand genommen, noch bevor es angefangen hat.

In der Tat. »Wenn du magst, trinken wir hier einen Tee, einen Kaffee, was du willst, aber es wäre ein Jammer, denn ich kann dir zu Hause einen hervorragenden

Tee kochen: Zu meinem Geburtstag habe ich unter anderem einen indischen bekommen, der nach Weihrauch schmeckt.«

»Zu Hause?« Meine Alarmglocke hat angefangen zu läuten.

»Ja, in meiner neuen Wohnung, sie ist ganz in der Nähe: Ich muss unbedingt dort vorbei, ich habe die Wohnzimmerlampe abgeholt und muss sie hinbringen, bevor es Abend wird, weil ich ein paar Freunde zum Essen eingeladen habe, oder soll ich sie etwa bei Kerzenlicht essen lassen? Das würde ihnen vielleicht sogar gefallen, aber man braucht doch Licht.« Erst jetzt bemerke ich das längliche Päckchen, das neben dir steht. »Also, gehen wir?«, drängst du mich; du spürst, dass du mich überrumpelt hast, und das willst du ausnutzen.

»Hör mal, wir kennen uns doch kaum, nein, eigentlich gar nicht: Ich mag die Vorstellung nicht, mit zu dir zu gehen.« Ich habe es eher ernst gesagt, und ich versuche es noch mal in einem anderen Ton: »Du kennst doch die guten Ratschläge: ›Geh nicht mit fremden Männern mit‹, was die Omas immer sagen? Na ja, meine sagte auch: ›Geh nicht zu jemandem nach Hause, den du nicht kennst.‹«

»Du traust mir nicht«, spielst du den Beleidigten.

»Woher soll ich bitte wissen, ob ich das kann, ist Vertrauen für dich so leicht?« Ich fürchte, das kam zu scharf heraus, und werde sanfter: »Komm, warum setzen wir uns nicht an ein Tischchen, man sitzt heute so schön draußen, die Sonne scheint …«

»Hör zu, als Allererstes solltest du wissen, dass mein Tun oder Lassen ortsunabhängig ist. Kein Ort kann mein Verhalten beeinflussen. Wenn ich dich jetzt wollte, in diesem Augenblick, wäre ich fähig, die Scheibe irgendeines geparkten Autos einzuschlagen, es zu knacken, dich hineinzuzerren, ob du nun willst oder nicht, mit dir in eine abgelegene, menschenleere Straße zu fahren und dort mit dir alles Mögliche anzustellen. Klar? Wenn du mich für gefährlich hältst, bin ich es hier genauso wie zu Hause!«

Ich schaue dich fassungslos an. Auch du versuchst es noch mal in einem anderen Ton: »Ich will dir nur zu verstehen geben, dass nichts passieren wird, wenn du mit zu mir kommst, ich werde nicht mit dir schlafen, wenn du mich nicht gerade auf Knien darum bittest: Ist das klar? Glaubst du mir?« Du lachst über deine Worte, trittst näher und packst mich an der Schulter.

»Also, gehen wir?«

»Gehen wir«, seufze ich.

Schon beim ersten Satz steht's sechs zu null für dich.

Ich sperre das Mofa auf, und mich schaudert bei dem Gedanken an manche deiner Sätze: »... alles Mögliche anstellen ... mit dir schlafen ...« Mir ist schwindelig, und ich spüre wieder diese Trunkenheit ohne Wein, wie am Abend deiner Party. Ich steige auf, und du setzt dich hinter mich, mit einer Hand das Lampenpäckchen festhaltend, mit der anderen meine Taille umschlingend.

»Nimm die Via Flaminia!«, schreist du. »Und wende bei der Kreuzung nicht, sondern fahr geradeaus weiter.«

»Aber das ist eine Einbahnstraße!«

»Was kümmert dich das, wir sind doch mit dem Mofa unterwegs!«

»Ja, genau, mit dem Mofa, zu zweit und ohne Papiere, weil ich sie vergessen habe!«

»Los, komm, fahren wir!«

Du zückst die Lampe, als wäre sie eine Lanze und du

ein mittelalterlicher Ritter, das Mofa dein Pferd und ich die gerade vor dem Drachen gerettete – oder geraubte? – und auf den Sattel vor dich gehievte Beute.

Nach verschiedenen Gesetzesübertretungen finden wir uns vor deiner Wohnung wieder, die glücklicherweise in der Nähe liegt.

Ich sehe mich um.

Wir haben vor dem letzten Haus eines kleinen Privatwegs voller Pinien angehalten, der genau vor deiner Haustür mit einer kurzen Treppe endet. Diese führt auf eine andere Straße, welche ebenso mit Bäumen gesäumt, aber breiter ist und exakt auf der Höhe der Nonnenschule in die Via Flaminia mündet, wo ich in den Kindergarten gegangen bin. Zweifellos ein Wink des Schicksals.

»Los, komm«, unterbrichst du meine Gedanken, »ich bin sicher, dir wird meine Wohnung gefallen!«, und du ziehst mich durch ein schwarzes Gartentor, das auf einen weiß gepflasterten Weg geht; zwischen den Steinplatten sieht Gras hervor, und blinzelnd schieße ich Erinnerungsfotos zahlloser ähnlicher Gärten aus meiner Kindheit.

Du schiebst eine angelehnte Glastür auf und wirfst einen neugierigen Blick in den Briefkasten: »Schauen wir mal, wer mir schreibt!«

»Ich schreibe dir«, würde ich gern sagen und dir eine Postkarte geben, die ich idiotischerweise am Tag nach dem Fest für dich gekauft habe – gestern, erst gestern –, an dem ich nichts anderes getan habe, als an deinen Kuss zu denken. Sie zeigt einen halb liegenden weiblichen Rückenakt auf einem Sofa (mir scheint, er ähnelt mir, deswegen hab ich sie ausgesucht), welcher durch große Fenster auf eine Stadt sieht.

Ich schäme mich. Das, was ich dir geschrieben habe, scheint mir so sinnlos in diesem Augenblick, meine Sätze wirken wie kindische Versuche, und ich denke, ich werde dir die Karte vielleicht nachher geben, und zittere bei dem Gedanken, nach *was*.

Du schiebst mich in den Aufzug – eine Hand auf meinem Rücken –, und wir lehnen uns jeder an eine Wand; in dem kurzen Zeitraum der drei Stockwerke, die sich in meiner Erregung übertrieben ausdehnen, starren wir uns an und beobachten uns.

Als der Aufzug stehen bleibt, krabbelt mir eine leichte Angst über die Wirbelsäule. Vielleicht sollte ich nicht durch diese Tür treten. Aber jetzt ist es wirklich zu spät, um kehrtzumachen, allein der Gedanke erscheint mir lächerlich.

Du findest die Schlüssel nicht, und einen Augenblick lang bin ich erleichtert und gleichzeitig ein wenig enttäuscht, aber dann: »Da sind sie ja!«, es ist dein Siegesschrei, »Sesam öffne dich«, und wir sind drinnen.

»Entschuldige die Unordnung, aber die Wohnung ist noch nicht fertig, es liegt ein Haufen Zeug herum und jetzt auch noch diese Lampe, ich muss mir überlegen, wo ich sie hinstelle.« Du gehst durch das schattige Wohnzimmer, die Lampe in deinem Arm noch immer wie eine Lanze gegen die unsichtbaren Schattendrachen gezückt.

Ich lege meinen Mantel auf die Holzbank in der Diele und folge dir mit unsicheren Schritten.

Durch die noch nicht ganz heruntergelassenen Rollläden scheint das rotgoldene Licht des Sonnenuntergangs.

Du stellst die Lampe in eine Ecke, neben das Sofa, ziehst die Jalousien ein wenig höher, und langsam füllt sich das Zimmer mit Sonnenuntergang. Aber das genügt dir nicht. Suchend tastest du ein Regal ab, findest eine Schachtel Streichhölzer und beginnst, Kerzen anzuzünden – erst jetzt bemerke ich, dass auf dem niedrigen Glastisch seltsam geformte bronzene Leuchter stehen, welche Drachen, Schlangen oder gewundene Spiralen darstellen, und in jedem steckt eine Kerze.

Der einzige klassische Leuchter ist aus Silber und zweiarmig mit zwei weißen Kerzen, die glatt sind, unberührt.

In den anderen stecken mehr oder weniger stark abgebrannte Kerzen in verschiedenen Orangetönen, und die Flamme, die du auf ihre Spitze setzt, wirkt wie eine Verlängerung jener Farbe. Die weißen lässt du aus.

Du bist noch nicht zufrieden.

Vom Regal nimmst du eine Pappschachtel und etwas, das wie ein kleiner Aschenbecher aus hartem Stein aussieht; aus der Schachtel holst du ein paar dunkle Kugeln und legst sie auf den Stein, dann fährst du mit der Flamme auch über sie und zündelst weiter. Binnen kurzer Zeit rieche ich den Weihrauchduft, und endlich kommt dein zustimmender Ausruf: »Jetzt haben wir's!«

Während der kurzen Zeit, in der du deine Rituale vollzogen hast, stand ich unbeweglich wie eine Statue da, beinahe verschmolzen mit dem Glastisch inmitten des Zimmers, und sah dich unbewegt an.

Wer ist das nur?, fragte ich mich unwillkürlich, was ist das für eine Inszenierung?

Ich weiß nicht, ob ich mich geschmeichelt oder unwohl fühlen soll.

»Komm, setz dich doch, was stehst du immer noch so herum? Setz dich, ich mach jetzt den Tee.«

Ach, genau, der Tee.

»Schau, das ist alles nicht nötig, für mich.« Meine Stimme bekommt sofort eine unsympathische Färbung.

»Ich mache immer die Kerzen und den Weihrauch an, wenn ich abends nach Hause komme, das entspannt mich. Ich mag die Wohnung mit diesem Geruch und diesem Licht. Das ist kein Schauspiel dir zu Ehren.«

Mir scheint, du hast meine Gedanken gelesen.

»Es stimmt, das ist eine sehr schöne Wohnung«, sage ich, auch wenn ich bis jetzt nur das Wohnzimmer gesehen habe, aber sie nimmt mich schon ganz gefangen, ich weiß nicht, ob es die Anordnung der Möbel und Gegenstände ist oder die Aussicht oder der Duft und die Kerzen, welche die Wirkung haben, als hättest du hier drinnen einen weiteren Sonnenuntergang entfacht. Oder einfach, weil es deine Wohnung ist.

Es scheint mir so absurd, dass dein Wunsch, mich zu beeindrucken – obwohl du leugnest, das zu wollen –, mich wirklich beeindruckt. Ich dachte, ich wäre raffinierter und gewissen Verführungskünsten gegenüber weniger empfänglich, und bin doch ungewöhnlich nachsichtig gegenüber deinem Wunsch, mich zu erstaunen, gegenüber deinen Bemerkungen und deinem betont unverschämten Verhalten, dass es mich zärtlich stimmt. Ich denke, du bist ein zerbrechlicher Mensch, der den harten Mann spielt.

»Ich zünde gewöhnlich keine Kerzen und keinen Weihrauch an«, füge ich hinzu, »das liegt wahrscheinlich daran, dass ich noch bei meinen Eltern wohne, deswegen hast du mich erstaunt, ich dachte, du willst Eindruck bei mir schinden.«

»Ach, komm, damit? Mit meinem Tee vielleicht! Jetzt bereite ich ihn vor. Du bleibst hier, setz dich, entspann dich und hör auf, ständig wie auf heißen Kohlen zu sitzen.«

»Ich sitze nicht wie auf heißen Kohlen, mir geht's wunderbar.«

Ich hasse dich. Woher weißt du, dass ich wie auf heißen Kohlen sitze, ist es so offensichtlich?

Nach wenigen Minuten – die ich damit verbracht habe, durch das Wohnzimmer zu schlendern und jeden Gegenstand anzufassen – kommst du triumphierend herein, in der Hand ein Bambustablett mit allen Utensilien: zwei Schalen aus weißer Keramik mit kobaltblauem Muster, eine Teekanne im gleichen Design und eine weitere reinweiße Schale, in der dunkle Zuckerkristalle liegen.

»Diesen Tee trinkt man ohne Zucker, aber wenn du wirklich nicht darauf verzichten kannst, ist das der Einzige, der dazu passt«, sagst du, reichst mir die weißblaue Schale, in die du den dampfenden Tee geschüttet hast, und hältst mir gleichzeitig die mit dem braunen Kandis hin.

»Trinken wir ihn, wie er getrunken werden soll«, antworte ich, wobei mir klar ist, dass ich dir nach dem Mund rede. Ich wage es nicht, dich um Zitrone zu bitten.

»Der Geruch erinnert an *Gras*.«

»Davon ist in der Tat auch was drinnen.«

»Was machst du da, bietest du mir einen Drogentee an?«, spaße ich, obwohl mir gar nicht danach zu Mute ist.

»Ja ich will dir dein Hirn vernebeln und deinen Willen ausschalten, dann kann ich dich nach Lust und Laune verführen«, sagst du mit scherzhaft drohender Stimme.

»Das hast du sicher nicht nötig, um mich zu verführen«, entgegne ich, ohne nachzudenken.

»Nein? Was dann?«

»Nichts.«

Ich bekomme kein weiteres Wort heraus.

»Was soll das heißen? Dass es unmöglich ist, dich zu verführen oder … dass ich dich schon verführt habe?« Du fragst es lachend, ohne eine Antwort abzuwarten, da du dir selbstverständlich der zweiten anmaßenden Hypothese sicher bist. Die selbstverständlich stimmt.

Wir stellen unsere Schalen auf den Glastisch.

Und jetzt – denke ich –, jetzt müssten wir über uns sprechen, uns erzählen, was wir so machen, wie unser Leben ist, unsere Arbeit, was wir mögen, wer unsere Freunde sind, die Leute und Dinge, die wir lieben ... nein, wie sehr ich doch auf all das nicht die geringste Lust habe.

Ich möchte nur hier weiter ruhig mit dir sitzen, auf diesem schönen grünen Sofa, ganz nah beieinander und schweigend dabei zusehen, wie der Sonnenuntergang nach und nach den Raum verlässt, vielleicht noch eine Berührung der Hände, vielleicht ein Kuss wie vorgestern.

Du hast auch keine Lust zu reden, auch dir ist es nicht wichtig: »Na, wer bist du also, ›Geburtstagsgeschenk‹? Nein, du musst darauf nicht antworten, ich will es gar nicht wissen. Mir ist nur wichtig, dass du hier bist.«

Die unwirkliche Ruhe, in die wir gebettet waren, wird durchbrochen von deiner plötzlichen Umarmung, die mich in die grünen Kissen drückt.

»Was machst du da? Warte, he, ich bitte dich nicht auf Knien darum!« Ich versuche einen Scherz.

»Ich will nicht mit dir schlafen«, sagst du, während du mir die Weste und die Bluse aufknöpfst. »Ich will dich nur spüren. Und ich will, dass du mich spürst.« Deine Hand gleitet zwischen meine Beine, um sie zu öffnen, und du drückst dein Geschlecht an mein Becken; mit der anderen berührst du mich mit langsamen Kreisbewegungen an der Brust.

Instinktiv streichle auch ich dich über dem Hemd, dann darunter, auf der Haut.

»Ja, so, du hast gleich verstanden ...« Du umfasst

mich fester und presst dein Geschlecht stärker gegen das meine, immer noch durch deine Jeans und meine Hose, so heftig, dass ich plötzlich Angst bekomme.

»Nein, hör auf.« Meine Bitte lässt dich einen Moment innehalten.

»Beweg dich aber nicht.«

Ich verharre gehorsam regungslos, während du die Hände aneinander reibst, immer schneller, dann legst du sie mir auf die Brust und aufs Geschlecht, und die Wärme verbrennt mich. Wieder liegst du auf mir, küsst mich, dann bewegst du dich erneut mit den ruckartigen Wellenbewegungen des Beischlafs, als würde die Tatsache, dass wir beide noch angezogen sind, dich nicht im Geringsten davon abhalten, Liebe zu machen.

»Nein, so nicht ...« Das ist alles, was ich sagen kann.

Ich dachte nicht, dass unser erstes Treffen alleine so laufen würde, ich hatte mir etwas ganz anderes vorgestellt, eine romantische Szene: Küsse, Liebkosungen, ein paar sentimentale, meinetwegen auch abgedroschene Sätze und ähnlichen Unsinn: Am Anfang braucht die Liebe auch Unsinn.

Die Liebe: Warum denke ich immer an Liebe? Warum sollte das Liebe sein? Doch diese Frage möchte ich mir am liebsten nicht stellen.

»Ich wusste es: Du willst nicht, dass ich alleine komme«, sagst du, den Sinn meines schwachen Einwands missverstehend, und mit dem Glück des Anfängers oder der Geschicklichkeit des gewohnheitsmäßigen Verführers – vielleicht hast du auch meine Kleider aufmerksam betrachtet – findest du sofort den Reißverschluss meiner Hose, obwohl er hinter einer doppelten Leiste gut versteckt ist, öffnest ihn geräuschlos und lässt eine Hand unter den Stoff gleiten; du streichelst mich, kitzelst mich und weißt meine wachsende Erregung zu schätzen, dann gleitet einer deiner Finger rasch tiefer: »Ich habe dich erregt, das musst du zugeben.«

Aber auch wenn mein Körper mein Verlangen nicht leugnen kann, leiste ich letzten Widerstand.

»Nein, genug, ich will nicht.« Ich schiebe deine Hand zwischen meinen Beinen weg, führe sie hoch, zu einer Schulter, und zwinge dich, mich so zu umarmen, wie ich dich umarme. Ich will dich halten, nur so, sonst nichts ... Ich nutze die Verwirrung, die dich angesichts meiner Reaktion ergriffen hat, und küsse dich.

Diesmal bin ich es, die es tut. Ich küsse dich mit aller Zärtlichkeit, derer ich fähig bin. Mit geschlossenem Mund streife ich nur deine Lippen, ganz langsam, nehme sie zwischen die meinen und probiere sie, lecke leicht mit der Zungenspitze an ihnen, öffne sie einen Spalt, dann weiter, klopfe an die Zähne und versenke meine Zunge darin, um in dich einzudringen und dich auszufüllen. Bis eben noch voller Hingabe, wirst du plötzlich unersättlich, verschlingst meinen Mund und reibst dich wieder an mir, immer stärker, und wieder sagst du: »So komme ich gleich«, und ich sage: »Komm nur, komm«, in einem Ansturm von Großzügigkeit und Liebe, »komm«, und ich öffne dir noch gerade rechtzeitig die Jeans.

Ich wundere mich: Wärst du auch völlig angezogen gekommen? Mir ist das nie passiert. Einige meiner Freunde und Freundinnen – jetzt erinnere ich mich wieder – hatten mir von unverhofften, unglaublichen, durch die Kleider erfahrenen Lustgefühlen erzählt. Eben, unglaublichen. Ich hatte an Übertreibungen von Leuten gedacht, die die Leidenschaft in Ekstase versetzt hatte; manch einer von ihnen – Kinder Homers – liebte es, voller Begeisterung von seinem Krieg um Troja, seinen erotischen Taten zu berichten, um zum Erstaunen und Neid der Zuhörer sämtliche Details farbig auszuschmücken. Und doch, wer weiß, vielleicht war etwas Wahres dran.

Ich versinke eher in Gedanken als in den Kissen, ich könnte beinahe einschlafen.

Deine Stimme ruft mich zurück.

»Stell dir vor, ich küsse nie jemanden, den ich nicht kenne ... Nutten hingegen küsse ich sofort; aber das nur, weil es mit Nutten anders ist, da gibt's keine Schwierigkeiten, sie sind Profis.«

»Du küsst sie auf den Mund?«

Das ist das Einzige, was mir einfällt, statt »Du gehst zu Nutten?«, was ich viel eher wissen möchte.

»Klar. Ich liebe es, Regeln zu übertreten.«

Das hatte ich begriffen. Was ich hingegen nicht begreife, ist, ob die Tatsache, dass du mich küsst, bedeutet, dass du mich als Nutte ansiehst und mir das auch noch zu verstehen geben wolltest.

Du hast meine Hingabe jäh zerstört.

Ich schiebe dich weg, stehe auf, ziehe meine Kleider zurecht.

»Hör zu, es ist besser, wenn wir uns nicht mehr sehen.«

»Was ist los, hast du Angst?«

»Warum sollte ich?«

»Weil ich dir gesagt habe, dass ich bei Nutten war. He, ich bin kein Vollidiot ... und außerdem habe ich den Test gemacht, wenn du willst, zeig ich dir das Ergebnis!«

Warum verstehst du nicht? Glaubst du, es ist das, was mir Angst macht, es ist das, woran ich gedacht habe?

»Ich bin mit jemandem zusammen …«

»Aber nicht in diesem Augenblick, jetzt bist du hier.«

»Das war in der Tat ein Fehler.«

»Ganz und gar nicht, du wolltest es, du willst mich so stark wie ich dich, und nur weil du Opfer deiner bürgerlichen katholischen Erziehung bist, hattest du nicht den Mut, mit mir zu schlafen.«

»Opfer meiner bürgerlichen katholischen Erziehung?! Was hat das denn damit zu tun? Ganz abgesehen davon, wenn ich ein Opfer meiner bürgerlich katholischen Erziehung bin, dann bist du es genauso, weil wir dieselben Wurzeln haben, dieselbe Kultur, wir sind beide in dieser katholischen und bürgerlichen Gesellschaft geboren und aufgewachsen, und Mut … miteinander zu schlafen, ist doch keine Frage des Mutes! Da zählen andere Dinge: Zärtlichkeit, das Gefühl, dem anderen vertrauen zu können, einander langsam zu zähmen … Kannst du dich an die Geschichte vom Fuchs und dem kleinen Prinzen erinnern? Erinnerst du dich an die Worte des Fuchses?«

»Nein, aber die Vorstellung, dich zu zähmen, gefällt mir sehr.«

Du stehst abrupt auf, stellst dich neben mich, drückst meine Schultern und schaust mir gerade in die Augen wie jemand, der eine Herausforderung angenommen hat: »Ich werde dich zähmen, das verspreche ich dir.«

Du hast mich schon wieder nicht verstanden.

Wir kennen uns gar nicht, und schon spüre ich diese Last, weil wir uns nicht verstehen. Doch mein Körper bebt nicht wegen dieser Last.

»Es ist besser, wir sehen uns nicht wieder.«

»Nein?«

»Nein.«

Drei Tage lang rufst du mich nicht an, und ich werde den Teufel tun und deine Nummer wählen: Eher schneide ich mir die Hand ab, wenn sie es zufällig wagt, den Hörer zu berühren. Ich habe nicht die Kraft, die Verantwortung für eine Entscheidung auf mich zu nehmen und ebenso wenig die Demütigung, dass ich es bin, die auf dich zukommt. Drei Tage lang schmore ich in meiner Angst und meinem Stolz. Als fast alles verbrannt ist, passiert es.

Das Telefon klingelt, und ich laufe hin, und du bist dran.

»Sehen wir uns morgen?«

»Ja.«

Und so treffen wir uns, montags und mittwochs und freitags, so sage ich weiter Nein und meine Ja, so verabschiede ich mich jedes Mal für immer von dir mit banalen falschen Worten, die du jedes Mal in ein »Auf Wiedersehen« verwandelst. Als könnte mir der Schwur, dass es das letzte Mal ist, die Absolution erteilen und mich von jenem heftigen Schuldgefühl befreien, dass ich das Allerfalscheste tue.

Warum ist der Geist so verschlungen? Warum lasse ich mich auf ein Treffen ein und denke, es sei das letzte

Mal, gehe fort in der festen Überzeugung, es sei wirklich das allerletzte Mal gewesen, und leide schon von Anfang an schrecklich darunter, du könntest aus meinem Blickfeld verschwinden und – das glaube ich wirklich – aus meinem Leben. Fühle ich mich dadurch weniger schuldig, ja vielleicht sogar *unschuldig?*

Vielleicht, weil ich die zum Tode Verurteilte bin und du meine letzte Zigarette? Mein letzter Wunsch …

Wenn ich wüsste, dass ich nur noch wenig Zeit hätte, ein paar Monate, Wochen, Tage, einen Tag, diesen, nur diesen: Ich würde keinen Moment zögern, würde zu dir laufen, dir sagen: »Bring mich fort«, »Schließ mich in eine Wohnung ein, in ein Zimmer«, damit wir uns bis zur Erschöpfung lieben, uns lieben, bis wir keinen anderen Gedanken mehr haben … auf den Schlaf warten, nicht mehr erwachen.

Aber nein.

Da ich das Maß unserer Zeit nicht kenne, da ich noch glaube, hoffe – oder manchmal fürchte –, unendlich viel Zeit zu haben, nein, ich kann mich nicht für dich entscheiden. Du bist *falsch* für mich – und alles andere ist hingegen so *richtig*, und alles war so richtig, bis vor so kurzer Zeit. Alles ging glatt, ohne Erschütterungen.

ZWEI

Meine Verlobung mit Frances.

Jahre gemeinsamen Lebens seit Studienbeginn, der feste Freundeskreis, die beiden Familien, die sich allmählich kennen lernen, die Ferien und Sommer irgendwo, wo wir endlich die ganze Nacht das Bett teilen können und nicht nur die paar heimlichen Stunden, die entweder dem Schlaf der anderen gestohlen werden oder den unverhofften Vormittagen verlassener Wohnungen (freier Tag der Zugehfrau, Mutter beim Einkaufen: »Bei mir ist keiner da!«, »Ich komme!«, Hinhetzen wie im Fieber), die romantischen Abendessen zur Feier der Jahrestage und die gemeinsamen Interessen, der ähnliche Geschmack, dieselben Ideale ... alles so richtig und auch schön. Und letztlich nutzlos.

Die Liebe hört trotzdem auf.

Die Liebe hat aufgehört, und immer noch frage ich mich, wo und wie, und kann mich nicht damit abfinden; ist sie uns zwischen den Händen zerronnen, ist sie uns unter die Füße geraten, zertreten worden, wie, wie ist das nur möglich? Wir waren nicht umsichtig genug, konnten sie nicht schützen und haben den richtigen Moment verpasst, um eine größere Entscheidung zu treffen ... Es genügte ein Augenblick der Unaufmerksamkeit – von wem? von ihm? von mir? was macht das für einen Unterschied? –, und eines Morgens waren die Dinge nicht mehr wie vorher. Wie kann so etwas geschehen, warum? Keine Freude mehr an gestohlenen Nächten, keine Überraschungsgeschenke ohne Anlass, keine unerwarteten Anrufe oder Besuche mehr – »Nur so, um dich zu sehen«, für einen weiteren Kuss.

Und keiner hat ein Wort gesagt.

Wir dachten wohl, wenn wir uns still verhielten, würde der dünne Spalt in der Mauer ein kleiner Riss bleiben, unsichtbar, wenn man nicht gerade darauf achtete. Und keiner wollte darauf achten, nein. Wir haben die Augen zugemacht. Vielleicht würde sich der Riss von selbst wieder schließen. Unser Wunsch, es wäre so, war so groß, dass es eine Weile wirklich danach aussah. Die Ränder schienen wieder zusammenzuwachsen, wenn auch leicht versetzt. Die Erde hat gebebt, hat sich geöffnet, schien die Welt zu verschlingen, doch stattdessen hat sie sich wieder geschlossen, nur dass die Ränder nicht mehr zusammenpassen; sie sind wieder nah, parallel, aber sie passen nicht zusammen.

Wir passen nicht zusammen und küssen uns immer seltener.

Trotzdem Schweigen.

Aber ein eiserner Wille hält uns zusammen – als wären wir dreißig Jahre verheiratet – und dazu die Erinnerung an die schönen Erlebnisse und unsere Zuneigung und Achtung. Und manchmal entsteht tatsächlich wieder der alte Zauber, irgendein geheimnisvolles, magisches Etwas macht, dass uns ein Schimmer von etwas Neuem erleuchtet, Verdienst vielleicht eines zusätzlichen Glases Wein oder eines Festes in eleganter Garderobe in der Rolle des schönsten Paares, und alle sind sie so überzeugt davon, dass sogar wir daran glauben.

Und wir machen so weiter.

Was wäre ohne dich geschehen?

Hätte ich den Mut gefunden zu sprechen, mich wachzurütteln, auch Frances wachzurütteln; körperlich, an den Schultern, ihn auf Brusthöhe an den Kleidern packend: »Siehst du denn nicht, was mit uns los ist? Merkst du es denn nicht, willst du nicht die Augen öffnen?«

Und Frances hätte sie geöffnet, vielleicht, und wir hätten uns weinend aufeinander gestürzt, hätten die Geschichte unserer Beziehung ausgeweidet und uns tagelang, nächtelang gequält, und schließlich – eines Nachts – hätten wir uns verzweifelt geliebt und uns dann getrennt, mit Schmerzen, aber gerecht. Oder wir hätten beschlossen zu heiraten, weil die Liebe nicht enden kann, *nicht enden darf*, und alles hätte von vorne angefangen.

Aber so, mit deiner Gegenwart, mit deiner Einmischung in mein Leben, in mich, so nicht, so ist, was auch immer es ist, ungerecht.

Ich kann nicht über dich sprechen: Du bist nicht der Grund unserer Krise – und spräche ich dennoch über dich, würde ich einen heftigen Eklat auslösen –, und ich will nicht, dass wir uns jetzt trennen, wo es dich gibt, denn ich ertrage den Gedanken nicht, Frances *deinetwegen* zu verlassen.

Deinetwegen, arrogant, irrsinnig, verrückt, extremistisch, extrem in allem, wie du bist, deinetwegen, der du keinerlei Rücksichten nimmst. Deinetwegen, den ich mehr begehre als alles andere.

Von einer glücklichen Normalität zu einer quälenden Obsession übergehen. Wer könnte sich dafür entscheiden – bewusst dafür entscheiden? Nur ein Wahnsinniger. Ich bin wahnsinnig.

Nein, in Wirklichkeit habe ich nicht den Mut der wahrhaft Verrückten, mich durch eine Glasscheibe zu stürzen, von einem Haus zum anderen zu springen, von einem Balkon zum nächsten. Mich wirklich zu entscheiden. Ich spaziere in einem zermürbenden Balanceakt über ein Dachgesims, über ein gespanntes – von mir gespanntes – Seil in hundert Metern Höhe und gehe vor und zurück. Einmal am anderen Ende angekommen – und zwar mit gewaltiger Mühe –, kann ich kaum Atem schöpfen und muss doch denselben Weg rückwärts gehen.

Ich schwanke, ich zögere, ich gewinne Zeit.

Ich kann mich nicht entscheiden. Ich bin unfähig.

Ich kann mich nicht zwischen zwei Menschen entscheiden. Das ist nicht richtig.

Ich könnte mich zwischen ein und demselben Menschen entscheiden, ich könnte mich für ein Ja oder Nein zu diesem Menschen entscheiden.

Vielleicht.

In Wahrheit kann ich mich nie entscheiden, für nichts.

Auch bei den kleinsten und einfachsten Dingen verliere ich mich, bleibe ich stehen, gerate ich ins Stocken. Sogar in Geschäften, wenn ich mich zwischen zwei Kleidern entscheiden muss, das eine oder das andere … am Ende beide oder keins.

Aussuchen heißt ausschließen.

Ich brauche das Gefühl, dass mir immer alle Möglichkeiten offen stehen. Ich brauche das Gefühl, dass nichts endgültig ist, nichts für immer, weil immer den Tod bedeutet.

Ich kann mir nicht vorstellen, für immer mit dir zusammen zu sein, aber jetzt kann ich mir nicht vorstellen, ohne dich zu sein.

Jetzt. Die gegenwärtige Zeit. Nur das zählt.

Die Vergangenheit existiert nicht, und die Zukunft ist eine Hypothese, ein Versprechen, eine Hoffnung (Wird es mich morgen noch geben? Wird es ein *Morgen geben*?). All die in der Schule konjugierten Verben, all die Imperfekt-, historischen Perfekt-, Zukunftsformen. Was für ein Haufen Sinnlosigkeiten. Sogar die *vollendete Zukunft*, die Vergangenheit der Zukunft! Ja, was hat der Mensch eigentlich im Kopf? Es gibt Sprachen, in denen das Futur mit der Präsensform und »morgen« gebildet wird und die Vergangenheit mit der Präsensform und »gestern«, sodass »Ich werde gehen« zu »Morgen gehe ich« wird und »Ich ging« zu »Gestern gehe ich«. Das hat viel mehr Sinn.

Ich gehe heute, heute. Ich gehe zu dir.

Der ganze Tag verging in Erinnerungen, vormittags in der Bibliothek, nachmittags in der Arbeit (und ich frage mich, wie ich es geschafft habe, mich zu konzentrieren und zu arbeiten); nachmittags bis um sechs, denn um sechs Uhr eins schwinge ich mich aufs Mofa, um dir entgegenzueilen, um Viertel nach sechs bin ich bei dir und klingle, ganz außer Atem.

Gartentor, kleiner Weg, Haustür, Eingangshalle mit schwimmbadblauen Kacheln, drei Stockwerke mit dem Aufzug, Treppenabsatz, Wohnungstür. Du an der Tür. Duft aus den Zimmern hinter deinem Rücken. Ich atme tief ein, umarme dich, schnuppere die Luft und deinen Geruch. Ich bin hier, endlich bin ich hier, es ist wirklich, ich bin hier.

Du ziehst mich hinein.

Du küsst mich wie jemand, der am Verdursten ist, ich spüre mein Herz gegen deine Brust schlagen, und die Erregung nimmt mir den Atem.

Du drückst mich, lächelst.

Ganz langsam geht mein Atem wieder normal, und eine neue Entspannung scheint uns zu erfüllen, eine Hingabe von einem an den anderen.

Ich habe das Gefühl, wichtig für dich zu sein, so wie

du für mich wichtig bist, ich möchte dir sagen, wie viel ich an dich gedacht habe, wie sehr du meinen Tag ausgefüllt hast: »Heute morgen dachte ich wieder an jenen Abend, den Abend deines Festes …«

Du lässt mich nicht einmal den Satz zu Ende sprechen: »Heute morgen war ich ganz schön wütend auf dich. Gestern hat es keinen Spaß gemacht, mit dir zu telefonieren, kein bisschen. Du hast alles mir zugeschoben, ich sollte dich dafür bestrafen, wie du mich behandelt hast.«

»Was redest du da? Ich wollte mit dir sprechen, wollte es so sehr, aber dann konnte ich nicht … Und ich meinte auch mit dir *sprechen*, nicht Telefonsex machen, womit du angefangen hast!«

»Besser persönlich als am Telefon, richtig? Jetzt machen wir es wieder gut!«

»Warte …«

»Du hast mich schon zu lange warten lassen.«

Du bindest meine Handgelenke am Rücken zusammen und drehst meine Schultern zu deiner Brust.

»Was machst du da, hör auf, wenn das ein Spiel sein soll – ich finde das nicht lustig.«

»Ich spiele nicht.«

Mit einem Stück Stoff, kühl wie Seide, hast du meine Handgelenke gefesselt – ach, deine Krawatte ist es –, du wirfst mich bäuchlings aufs Sofa und presst mir eine Hand auf den Rücken, damit ich mich nicht bewegen kann; mit der anderen ziehst du mir die Hose hinunter, dann das Höschen, bis auf Kniehöhe; selbst wenn ich mich bewegen wollte – die Kleider würden mich daran hindern.

Du schlägst mich rechts, dann links, zuerst leicht,

dann mit einer Kraft, die ich bei deinen Händen nie für möglich gehalten hätte; du schlägst mich, bis du mich zwingst, dich zu bitten, damit aufzuhören, weil du mir wehtust. Das war es, was du wolltest: mein Anerkennen deiner Kraft – wenigstens deiner körperlichen –, meine Kapitulation. Du löst die Fesseln an meinen Handgelenken. Die Schläge werden leicht, lange Liebkosungen, die oben anfangen, an den Grübchen am Ende der Wirbelsäule, und dann langsam den langen Weg der Doppelkurve verfolgen, als wollten sie meine Formen neu gestalten, den überflüssigen Ton auf der Skulptur neu modellieren.

Vielleicht willst du spüren, dass du mich geschaffen hast – die Tatsache, dass du mein Fleisch so behandelst, bringt mich auf diesen Gedanken. In der vulgären, in dieser Stadt gebräuchlichen Sprache sagt ein Mann häufig von einer Frau (aber manchmal ist es auch umgekehrt): *Ich habe es ihr gemacht*, um auszudrücken – nicht ohne eine gewisse Verachtung für sie und eine gewisse Befriedigung für sich –, dass er mit ihr im Bett war.

Du aber, du würdest das gerne in einem ganz anderen Sinne sagen – »Ich habe es ihr gemacht« –: Ich bin es, ich, der ich das gemacht habe, ich, der ich den Ton genommen und geknetet und etwas erschaffen habe, was vorher nicht da war, und wenn doch, dann nicht in dieser Form, und ich habe es für mich gemacht. Du als Demiurg und ich als deine Schöpfung. Wie oft erschaffst du mich, wenn du mich ansiehst, im Geiste neu, nach deinem Bildnis und dir ähnlich, und würdest gerne auch auf mir eine Tätowierung wie die deine sehen oder vielleicht ein Piercing, einen Ring im Bauchnabel, ja, du hast gesagt, dass du mich an einen dir bekannten Ort bringen und ihn mir selbst setzen würdest.

Ich habe nicht einmal ein Loch im Ohrläppchen, selbst als das so modern war, dass alle, Jungen wie Mädchen, sich eins stechen ließen, hielt ich es für vulgär, und außerdem graute es mir schon allein bei der Vorstellung vor der Nadel. Ich habe noch nie Nadeln sehen können. Als ich sechs oder sieben war und man mir wegen meiner Mandeln Penizillin verabreichen musste, wurden mir die Spritzen von meiner Tante gegeben, die sich eigens dafür mit einem langen blauen Bademantel verkleidete, damit ich sie nicht wiedererkannte und – so befürchtete sie – dafür hasste. Ergebnis: Ich hatte entsetzliche Angst vor dem-Mann-im-blauen-Bademantel, floh durchs ganze Haus, und wahrscheinlich rührt daher mein Nadeltrauma. Ich glaube also nicht, dass ich mir jemals Piercing oder gar ein Tattoo machen lassen würde, höchstens ein Abziehbild, aber ich habe den Verdacht, dass dir das nicht genügen wird.

Im Augenblick gibst du dich damit zufrieden, dass du mich in der Hand hast und mich wie Knetgummi durchknetest.

Mir fällt wieder ein, wie wir, als wir klein waren, mit dieser Knetmasse spielten, die bei uns in Italien *pongo* hieß. Es gab da auch ein Kinderlied über *pongo*, das David und Costa, zwei Spielkameraden von mir, erfunden hatten. Es ging so: *Ich knete und modelliere es / denn es ist weich wie* pongo */ und ist es* pongo *und nicht Fango / fahr ich in den Kongo und tanz Tango.*

Wir lachten uns darüber halb tot, wiederholten es immer wieder, auch wenn wir nicht mit *pongo* spielten.

Nun knetest und modellierst du mich.

Könntest du mir nur einen neuen Körper, eine neue Identität, einen neuen Ursprung geben …

Nach so viel Mühe spürst du, dass ein Teil des Werkes vollendet ist. Vom Hintern bist du abwärts gefahren, um die Oberschenkel neu zu formen, dabei bist du ihre senkrechten Pfade steil hinuntergeglitten bis zum Landeplatz in den Kniekehlen und von dort mehrmals wieder zurück, mir durch die Reibung die Haut verbrennend (das ist schon was anderes als die Entschlackungsmassagen für Frauen bei der Kosmetikerin); danach bist du wieder nach oben gewandert, um meinen Rücken neu zu gestalten, Rippe für Rippe, bis hoch zu den Schultern, dabei sorgfältig darauf achtend, schön die Angriffsfläche der Schulterblätter und die tiefe Beuge der Achselhöhlen nachzuziehen. Nun bist du zufrieden mit der Rückseite deiner Statue, deine Hände sind satt, du kannst ausruhen.

Nur einen Moment lang.

Da war doch noch etwas, du scheinst dich plötzlich daran zu erinnern, während ich Anstalten mache, mich zu bewegen, weil auch ich dich berühren und mich umdrehen möchte, um dich zu umarmen.

»Warte, ich bin noch nicht fertig«, sagst du, fährst mir mit einer Hand zwischen die Beine und legst sie offen auf mein Geschlecht. Du hältst sie ganz ruhig, übst nur Druck aus, ohne etwas anderes zu tun, während ich, bereits von Anfang an meiner Erregung ausgeliefert, vor Lust zu zerfließen meine, zu Wasser werden, Fluss sein möchte, der dich mitschwemmt, um gemeinsam zum Meer zu fließen, zu Meer zu werden, und ich bin kurz davor, dich zu bitten, deine Hand zu bewegen, mich zu berühren, mich zum Höhepunkt kommen zu lassen, weil ich nicht mehr kann.

Du massierst und reibst mich und weißt die beinahe unmittelbaren Verwandlungen des Fleisches zu schätzen, bis du beschließt, dass es genug ist, deine Skulptur auch in dieser Hinsicht vollkommen ist, jetzt perfekt an dich anpassbar.

»Lieben wir uns!«, stoße ich seufzend hervor.

Dein nasser Mittelfinger gleitet höher und kitzelt mich – das Werk muss bis ins letzte Detail vollendet werden –, macht Anstalten einzudringen: Dann befeuchtest du erneut deinen Finger und versuchst es wieder und wieder, bis du das Fleisch weicher werden spürst.

Inzwischen hat mich die Erregung überwältigt, und ich habe meine Hände hinunterwandern lassen, um mich zu berühren, weil ich nicht mehr kann: Wie lange willst du mich noch warten lassen, wie lange mich noch so auf die Folter spannen? Und während du unermüdlich an der Vervollkommnung deines Werkes weiterfeilst, befriedige ich mich selbst. Ich weiß nicht, warum, aber ich versuche, es so heimlich wie möglich zu machen, vielleicht weil es mir so vorkommt, als würde ich dir etwas vorenthalten, was eigentlich dir zusteht, ich fühle mich wie jemand, der dem Zweig den Apfel raubt. Zwar hast du einmal zu mir gesagt: »Befriedige dich vor mir, ich will dir zuschauen, wenn du es tust«, aber ich hatte mich instinktiv geschämt, hatte es nicht gewollt. Vielleicht dachtest du, ich hätte es noch nie vor jemandem gemacht, ich könnte es nicht, doch aufgrund der Ungeschicktheit früherer Liebhaber habe ich darin eine gewisse Erfahrung, und selbst wenn ich lange nicht mehr dazu habe Zuflucht nehmen müssen – vergessen habe ich es nicht.

Aber du lässt es nicht zu, dass ich dir die verbotene Frucht raube, und vertreibst mich aus dem Paradies. Meine verstohlenen Bewegungen sind dir nicht entgangen, und du hast meine Handgelenke genommen und bist langsam in mich eingedrungen, bis du entschieden hast, dass ich kommen durfte, und gesagt hast: »*Jetzt* darfst du weitermachen.«

Wir sind sofort gekommen, mit wenigen Sekunden Abstand und mit einer schrecklichen Gewalt.

Ich weiß nicht, ob ich mich zerschlagen oder glücklich fühle; ich frage mich, ob wir uns jemals auf weniger gewalttätige Weise lieben werden, und doch scheine ich mittlerweile dieses Gefühl der Zugehörigkeit zu verspüren, nach dem ich schon immer gesucht habe. Jenes Gefühl, das mich immer mit Ja hat antworten lassen, wenn jemand zu mir sagte: »Du gehörst mir.« Und ich wiederholte: »Ja, ja«, und dachte indessen: Wie soll ich dir gehören? Sobald ich aufstehe und gehe, weiß ich gar nicht mehr, wer du bist. Dann hatte Frances' Liebe meine Unruhe teilweise besänftigt, aber jene Liebe war – das weiß ich nun – keine Zugehörigkeit.

Jetzt denke ich, sobald ich aufstehe und gehe, sofort daran, wann du wieder bei mir sein wirst, versuche, dich in der Luft zu spüren, deinen Duft zu atmen, der noch in meinen Kleidern, an mir, hängt, und verbringe so meine ganze verbleibende Zeit.

Ich laufe mit demselben unbestimmten Lächeln meiner Träume durch die Gegend.

In einem Buch habe ich eine Erzählung gefunden, die dir unmöglich nicht gefallen kann, ich habe sie kopiert, zwei Zeilen auf die Rückseite geschrieben und werfe sie zu einer Zeit bei dir ein, in der ich sichergehen kann, dir nicht zu begegnen. Ich komme gerne heimlich, verstohlen zu dir, wie ein Dieb – der dir etwas bringt, statt etwas zu stehlen.

Mein Weg durch dein Reich ist heute jedoch kurz: vom schwarzen Gartentor den kleinen Weg entlang zur Glastür und zu den Briefkästen.

Ich öffne die kleine Mappe, greife hinein, hole einen Stift und den Umschlag heraus und schreibe deinen Namen darauf. Auf die andere Seite, als Absender, schreibe ich den Namen, bei dem du mich nennst und der mir viel schöner erscheint als der meine. Ich wende den Umschlag in meinen Händen und betrachte ihn verträumt. Es gefällt mir, unsere beiden Namen auf demselben Papier zu sehen, schwarz auf weiß und auf zwei entgegengesetzten Seiten. Wie wir.

Bevor ich ihn schließe, prüfe ich nach, ob ich auch alle Fotokopien hineingelegt habe – obwohl ich sehr gut weiß, dass sie alle da sind, ich habe gerade erst nachgesehen –, dann fahre ich mit einem Finger, den ich in den Mund gesteckt habe, um ihn mit Spucke zu befeuchten, weil ich Papier nicht gerne direkt lecke, über den gelben, trocken Kleberand.

Unvermeidlich schießt mir ein Gedanke durch den Kopf, schießt mir durch die Knochen, die Muskeln, bis in alle Nervenfasern und lässt mich von Kopf bis Fuß erzittern, sodass ich schwanke und mich anlehnen muss. Ich halte mich wie ein Gecko an der Mauer fest und stecke meine Finger in die Rillen zwischen die Steine. Und die Erinnerung gräbt sich tiefer, und ich kann sie nicht verscheuchen.

Ich habe es bei dir gemacht.

Ich habe es auf deinen Wunsch hin bei dir gemacht.

Ich habe deinem sich anbietenden Körper meinen Mittelfinger nicht verweigert – »Ich bitte dich«, sagtest du, »ich bitte dich« –, dieser Öffnung, die mich in meiner Kindheit so neugierig machte, dass ich einmal meiner kleinen Freundin, dem Nachbarskind, ein Stückchen Holz dort einzuführen versuchte.

Auch wenn du so an ihm gesaugt hattest, dass er voller Speichel war, habe ich dir trotzdem wehgetan, weil meine Nägel nicht so kurz waren wie jetzt und ich deine Haut gekratzt habe. Ich war so ungeschickt. Ich war noch nie in einen Mann eingedrungen. Ich hatte es nur einmal vor sehr langer Zeit versucht und dann nie wieder.

Du hast dich schamlos und ganz und gar dargeboten, wie für die selbstverständlichste Liebkosung. »Lass ihn eindringen, ja, so, und leck mich währenddessen, ja, so, fahr mit der Zunge bis zum Finger hinunter, so …«

Ich mache mich von der Mauer los.

Ich bin kein Gecko mehr, fauler Bewohner des Sommers, der zwischen roten Terrakottavasen voller Geranien auftaucht. Ich bin kein Gecko mehr.

Ich bin wieder, was ich bin.

Wer?

Dich zu treffen hat meine Identität bis ins Mark erschüttert.

Müsste ich sagen, wer ich bin, könnte ich es nicht, nicht einmal mein Name gibt mir das Bewusstsein zurück.

Ich habe den Umschlag in den Briefkasten fallen lassen.

Ich gehe den kleinen Weg zurück und achte mechanisch darauf, nicht auf die Linie zwischen den Steinplatten zu treten, dieses Spiel, das man als Kind immer spielt, und die Mühe, die ich mir dabei gebe, zwingt mich, mich auf den Beinen zu halten. Wenn ich es bis zum Gartentor schaffe, ohne auch nur auf eine Linie zu treten, ist es sicher, dass du mich liebst. Da ist das Gartentor. Ich habe es geschafft. Du liebst mich.

Bevor ich das Mofa aufsperre und losfahre, drehe ich mich noch einmal um, um dein Haus anzuschauen. Es scheint mir so absurd davorzustehen, ohne hineinzugehen, ohne dich zu treffen, ohne mit dir zu schlafen.

Ich brauche es, mit dir zu schlafen, ich brauche es verzweifelt. Das Alter, das Fleisch, die Natur, die Kraft der Muskeln, die Energie, das Grün in den Augen und in den Jahren: Alles verbrennt mich und zwingt mich zu begehren. Jeder Tag, der vergeht, ohne dass ich es tue, scheint mir eine Verschwendung für meinen Körper, der ganz langsam, unmerklich, älter wird.

Ich denke, ich sollte etwas davon zurücklegen für die

Zeit, wenn es das nicht mehr geben wird, Wintervorräte anlegen.

Und doch stoße ich dich zurück.

Ich weise dich ab, weil mich allein die Vorstellung, dich zu begehren, erschüttert.

Manchmal treiben mich meine Gewissensbisse von dir fort, wegen des Wortes »Betrug«, wie ich mein Verhalten, das weiß ich wohl, bezeichnen muss, manchmal meine nagende Angst wegen der Brutalität einiger deiner Bemerkungen, die häufig die Heftigkeit deiner Handlungen noch übersteigt.

Wenn ich dich frage, ob dir klar ist, was du da sagst, beginnst du geduldig zu argumentieren, als müsstest du einem sechsjährigen Kind eine Lektion erteilen.

Dann sehe ich dich mit aufgerissenen Augen an und frage mich, wie ich dich nur ertragen kann, was wir je miteinander teilen werden können, welch rätselhafte Ursache mich bei dir hält und mich daran hindert, die Tür zuzuschlagen und zu gehen. Und ich sage mir, dass es wohl einen geheimnisvollen Grund gibt, einen Grund, der in den Schattengebieten der Seele wurzelt, wo das Reich der Ursprünge lebt, der primitiven Urgewalten.

Ich habe die Gewissheit, wenn es nur die Natur gäbe und wir wenig mehr als Tiere wären, würden wir heiter zusammen sein, ja, wir wären die glücklichsten Wesen der Erde. Ich würde dich frei lieben, ich würde dich Tag und Nacht lieben. Nicht ein Mal die Woche oder auch seltener und jedes Mal schwörend, es sei das letzte Mal. Jedes Mal einen ungleichen Kampf aufnehmend zwischen meinen Skrupeln und deiner Anmaßung: Wenn du beschlossen hast, dass du etwas willst, bist du in der Lage, dir die Erfüllung deiner Träume für immer zu sichern.

Verabredung am üblichen Ort, vor dem Café unserer ersten Begegnung. Morgens um halb zehn.

Du hast mich am Abend vorher angerufen, um mir mitzuteilen, dass du mich unbedingt sehen musst, dass du nicht warten kannst. Und ich ließ mir das nicht zweimal sagen. Ich bin halb wahnsinnig vor Glück, das Blut fließt mir wieder durch die Adern.

Ich bin um acht Uhr auf den Beinen, lange bevor der Wecker klingelt, und fange an, die Minuten zu zählen, während ich mich sorgfältig herrichte. Ich dusche schnell, krem mich dann ein und pudere mich. Kein Parfüm, nur das Deo, ich will den Geruch meiner Haut nicht überdecken. Ich ziehe mich an. Ein dünnes weißes T-Shirt, ein eng anliegendes, eher kindliches als sinnliches Höschen, einen hellgrauen leichten Wollpullover über das T-Shirt, schwarze Jeans und schwarze Schnürschuhe, wie immer. Ich will nicht auffallen, will mich nicht verführerisch anziehen. Ich will auch deine Zärtlichkeit, wirst du das verstehen?

Und dann ist es neun Uhr.

Während ich mir zum zweiten Mal das Gesicht wasche, spüre ich bereits, wie meine Hände zittern.

Ich komme am Café an und sehe dich schon ungeduldig auf dem Mofa sitzen.

»Du bist spät dran!«

»Gar nicht wahr! Und außerdem hat der Wecker spät geklingelt, ich musste mich beeilen.«

Ich lüge, versuche die fast rituelle Gewissenhaftigkeit zu verbergen, mit der ich mich für dich zurechtmache.

»Aber Zeit zum Duschen hast du gefunden, du hast immer noch nasse Haare!«

Wir sind seit drei Minuten zusammen, und schon hasse ich dich.

»Komm, steig auf, fahren wir!«

Und ich frage nicht einmal, wohin.

Schwarzes Gartentor, kleiner Weg, Glastür, Aufzug, Treppenabsatz: das Ganze eng an mich gedrückt, einen Arm um meine Hüfte und die Hand auf meinem Hintern, so eng, als hättest du Angst, ich könnte dir sonst weglaufen, so eng, dass ich von Zeit zu Zeit über deine Beine stolpere.

Dass du mich so umschlingst, lässt mich wer weiß was glauben. Dass du mich liebst, vielleicht.

Kaum eingetreten, scheinst du ruhiger zu werden, lässt mich auf einem der Sofas Platz nehmen, öffnest die Fenster und legst eine Platte auf. Ich erkenne sofort die Stimmen von America. Ich hatte *A Horse With No Name* seit Schulfestzeiten nicht mehr gehört, freue mich, dass du dieses Lied ausgesucht hast, erkenne darin Bruchstücke einer gemeinsamen Vergangenheit. Alles Einbildung.

Du holst ein Fotoalbum, setzt dich neben mich, beginnst, mir Kinder-, dann Jugendfotos von dir zu zeigen, lässt sogar meinen aufmerksamen Blick auf ein Foto fallen, auf dem du mit deiner Mutter zu sehen bist: »Das hat mein Vater gemacht, da waren sie noch zusammen, ich erinnere mich noch an den Tag.« Und ich lasse mich von Zärtlichkeit überfluten, rücke auf den Sofakissen näher an dich heran.

»Du warst süß.«

»Ja, nicht wahr?«

Mich überkommt beinahe Rührung.

»Jetzt bin ich auch nicht so schlecht, was meinst du?«

Rasch öffnest du den Reißverschluss deiner Jeans, lässt deinen bereits steifen Penis heraus und drückst ihn mir mit einer einzigen blitzschnellen Bewegung gegen den Mund, der vor Verblüffung halb offen steht. Auch wenn sich mir beim Geschmack und Geruch deiner Haut der Kopf dreht wie kurz vor einer Ohnmacht, stoße ich dich nach einem kurzen Augenblick der Verwirrung wutentbrannt zurück.

»Bist du denn nicht in der Lage, fünf Minuten in Ruhe mit mir zu verbringen? Was hat das mit den Fotos zu tun? Nichts! Aber du kannst dir kein bisschen Zärtlichkeit erlauben, nein, das wird nicht zugestanden, du musst immer den starken Mann spielen, *der nicht fragen darf*: Klar, du darfst nicht fragen, du nimmst dir einfach und drängst dich auf, es ist dir völlig gleichgültig, ob es mir passt oder nicht, es reicht jetzt, wenn du dich so verhältst, ertrage ich dich nicht, ich gehe!«

Meine Wut lässt mich aufspringen, doch sie ist nicht heftig genug, mich über die Grenze des Glastisches hinauszutreiben, wo du mich packst und mich wie einen Sack einfach hochhebst.

»Wie kommt's, dass du heute so viele Sperenzchen machst?«

Und lachend trägst du mich hinüber zum Bett.

»Ja, ich mag das, wenn du kämpfst, mit mir musst du immer kämpfen können.«

Du wirfst mich aufs Bett und kümmerst dich nicht um meine Fausthiebe, rollst meinen Pullover hoch, öffnest mir die Jeans und ziehst sie hinunter: »Süß das T-Shirt, und ich mag auch dein Höschen … Calvin Klein, hm?« Und während du den Erfahrenen spielst, tastet sich deine Hand suchend vor, tut so, als würde sie nicht fündig und fährt und reibt immer wieder über eine bestimmte Stelle, bis ich aufhöre, dir sinnlose Faustschläge zu verpassen. Du suchst aber etwas anderes, wirst fündig, gleitest mit einem Finger hinein, wieder heraus, saugst an ihm, fährst damit vor und zurück, steckst ihn dann wieder hinein, fasst mich auch mit der anderen Hand an, schließlich befeuchtest du deinen Penis mit Speichel und legst dich auf mich. Ich schreie. Du bewegst dich vor und zurück, stößt ihn immer tiefer hinein, streichelst mich dabei weiter – warum hat dieses Bett keine Rückenlehne? –, und das Ganze kommt mir vor wie eine Unendlichkeit, bis ich nicht umhin kann, »Liebster« hervorzustoßen, mit zitterndem Mund, wie kurz davor in Tränen auszubrechen.

»Liebste, so komme ich gleich …«, sagst du.

Ich liebe dich. Und ich hasse dich, weil ich dich liebe.

Im nebelhaften Rausch des Danach fallen mir zwei Verse von Catull ein, die ich in der Schule auswendig gelernt habe.

Auch wenn du anfangs häufig voller Wut bist und es dich nicht kümmert, ob du mir wehtust, bekommst du bei der Liebe wieder den Blick von dem Kind auf dem Foto. Wenn du Liebe machst, gibst du dich hin und schämst dich nicht zu zeigen, dass du glücklich bist.

»Du kannst so nicht weitermachen. Du betrügst alle: Ich sage das nicht meinetwegen, ich sage es deinetwegen. Du kannst dich nicht so verhalten.«

Deine Worte treffen mich hart, während du plötzlich vom Bett aufstehst, mir nicht einmal eine Umarmung gönnend, mir damit die ruhige Wärme vorenthaltend, die die noch glühende Asche nach dem Sex verströmt.

»Gehen wir, es ist spät. Um zwölf habe ich eine Besprechung.«

Du hast dir bereits die Krawatte umgebunden und sprichst wieder die Sprache der Außenwelt.

Deine indirekte Anspielung auf Frances macht mich wütend, so wütend, dass ich nicht mal ihre Richtigkeit in Erwägung ziehe und dir keine Antwort gebe. Ich weiß, du willst mich provozieren, willst eine Reaktion von mir, obwohl du deinen Wunsch abstreitest, dass Frances und ich uns trennen. »Ich will von dir nicht mehr als das, ich will keine Beziehung. Ich hatte lange genug eine Beziehung mit einer nervtötenden Tussi.«

So redest du immer, und ich lasse dich reden.

Ich denke, du wirst langsam im Laufe der Tage lockerer werden, deine Waffen strecken und versuchen, mich so zu lieben, wie ich bereits versuche, dich zu lieben. Ich war immer ein Optimist, auch in den schwärzesten Momenten habe ich letztlich an eine Lösung geglaubt, geglaubt, dass sich die Probleme von selbst regeln. Dass sich die Liebe, wenn es sie denn gibt, ihren Weg bahnen wird. Das denke ich noch immer, auch in unserem Fall. Auch gegen jede Logik. Deswegen antworte ich dir nicht.

Ich lenke mich lieber ab. Ich stelle mir dich bei der Arbeit vor, versuche, dich bei der Mittagsbesprechung zu sehen, ich frage mich, mit wem du dich treffen musst, ob du ein Büro hast, eine Sekretärin. Alles scheint mir unmöglich zu sein. Es scheint mir unmöglich, dass du eine normale Arbeit hast, eine von denen, bei denen man in ein Büro geht, andere Leute trifft, über Geldangelegenheiten spricht und Geld verdient – denn letztlich ist ja nur das der Punkt, das Geld. Es scheint, als wärest du sehr gut darin, sehr tüchtig in deinem Beruf, zumindest laut Bianca. Bianca ... Vielleicht sollte ich mit ihr reden, ihr sagen, was für eine Sucht, was für ein Wahnsinn mich gepackt hat. Ich weiß, sie würde mich verstehen, und schaffe es doch nicht. Alles erscheint mir sinnlos. Kann sie jetzt noch irgendwas tun? Kann ich jetzt noch zurück? Also rede ich nicht mit ihr – gehe ihr beinahe aus dem Weg – und würde am liebsten auch mit mir nicht mehr reden.

Alles, was ich weiß, ist, dass du für mich in diesem Zimmer existierst, ohne Kleider, ohne Arbeit, ohne irgendwas.

Auch ich existiere vielleicht nur hier.

Wir gehen. Du siehst zufrieden aus, ich zittere hingegen vor Anspannung. Wenn du mich anfasst, schreie ich.

Du fasst mich an.

»Lass mich jetzt in Ruhe!«

»Was ist, sind wir heute Morgen schlecht gelaunt? Warum wolltest du nicht? Die widerwilligen Ficks sind doch die besten …«

»Hängt davon ab, für wen.«

»Für jeden! Wenn du große Lust hast, ist es schwer, gut zu vögeln: Entweder du kommst gleich, und dann hat es keinen Reiz, oder du versuchst es in die Länge zu ziehen, um mehr Lust zu empfinden, und reißt dich zu sehr zusammen, und wenn du dann kommst, ist es nichts Besonderes.«

»Ich schaffe es oft nicht zu kommen, wenn ich Lust habe, da kannst du dir vorstellen, wie es ist, wenn ich keine habe.«

Eine Sekunde lang herrscht eisiges Schweigen.

»Tut mir Leid, aber ich glaube, das ist dein Problem.«

Natürlich ist das mein Problem, das weiß ich wohl, aber ich weiß auch, dass es dir auf den Nägeln brennt und du mich beinahe hasst. Das erträgst du nicht. Aber ich will nicht leugnen, so zu tun, als wäre nichts.

Ich habe in der Vergangenheit ganz selten Theater gespielt, aber da habe ich Lust vorgetäuscht, nicht innere Beteiligung und es war »gut gemeint«, um nicht einen jungen, noch zerbrechlichen Stolz zu verletzen. Bei dir bemühe ich mich nicht um so viel Rücksicht, ja, wenn ich nur könnte, würde ich schrecklich gerne innere Beteiligung vortäuschen und nur Lust empfinden; ich wünschte, die Liebe mit dir wäre nicht so wichtig, würde nicht so an meine feinsten Nervenfasern rühren. Stattdessen zittere ich, auch wenn ich keinen Orgasmus habe, von Kopf bis Fuß wie ein Grashalm im Wind. Was ist wichtiger? Ich weiß, dass ich auch deswegen so zittere, weil ich gemeinsam mit dir kommen will, ebenfalls dorthin gelangen will, wohin du gerade gehst, losgelöst von der Erde; dahin, weit weg, wer weiß, wohin. *Kommen:* wie seltsam diese Bedeutung des Verbs ist. *Gehen,* sollte man vielmehr sagen. Kommen bedeutet, hier anzukommen, an diesem Ort; gehen hingegen tut man an einen anderen Ort, man geht fort, man entfernt sich, als würde man für einige Sekunden sterben.

Dann entkrampfen sich die Fäuste auf den Laken, und unsere Zeit liegt wieder vor uns.

Ein paar Augenblicke lang bist du heute *für mich* gestorben, während ich dich am Leben hielt.

Ich habe alles gespürt. Ich hätte dich wirklich umbringen können.

Wenn du mich bis zum Höhepunkt gerieben oder geleckt hättest – wie andere Male –, hätte ich dir meinen gefügigen, von der Lust betäubten Körper gegeben, verloren in der Erwartung deines Orgasmus, ohne weiteres Bewusstsein seiner selbst. So hingegen hält mich die Spannung in der Gegenwart – die Sinne geschärft, den

Geist wach, meine ganze Energie vom Hirn bis zum Körper in einem einzigen Gewirr konzentriert.

»Natürlich ist das mein Problem, aber dir missfällt das, du brauchst gar nicht so zu tun, als würde es dir nichts ausmachen.«

»Das tue ich ja gar nicht.«

»Na gut, lassen wir es gut sein, aber beeilen wir uns, es ist schon spät.«

Wir stehen immer noch auf dem kleinen Gartenweg inmitten des englischen Rasens, jeder auf seiner Steinplatte, erstarrt wie Gartenzwerge.

»Warum hast du's so eilig? *Ich* habe eine Besprechung, nicht du.«

»Ich habe auch zu tun, weißt du, du bist nicht der Einzige, der arbeitet.«

Wir sind nicht mehr im Bett, wir stehen kerzengerade: Unser Wettkampf hat neu begonnen. Liefert uns der Sex einen Vorwand, uns ein paar zärtliche Gesten zuzugestehen, ohne die Angst, uns *nackt* nahe zu kommen, brauchen wir nur in unsere Kleider zurückzuschlüpfen, um uns wieder unseren Panzer anzulegen und erneut die Arena zu betreten, wo jeder dem anderen zeigen muss, was er wert ist.

»Ich habe um halb eins eine Verabredung in einer Buchhandlung in der Innenstadt.«

»Ich muss auch in die Stadt, ich fahre dich.«

Und damit ist alles ausgelöscht.

Der Kampf, die Enttäuschung, der Zorn. Ich bin nur noch glücklich, habe Hitzewellen, weil du dich angeboten hast, mich auf dem Mofa mitzunehmen. Es erscheint mir als ein Indiz – der Anfang vielleicht – für eine Normalität als Paar, die wir noch nicht kennen. Ich habe eine Viertelstunde Weg, um mich an dich zu schmiegen, etwas Zeit – wenn auch lächerlich wenig (aber wann ist Zeit wirklich *lang*?), die ich mit dir in der Welt verbringen kann, im Tageslicht, außerhalb der vier Mauern jener Wohnung, die ich doch liebe. Etwas Zeit vor allen Leuten, endlich in aller Offenheit.

Ich nehme dich zu meinem Manne …

Auch wenn es unmöglich ist.

Heute Morgen scheint die Sonne, der Himmel hebt sich klar über der weißen Brücke ab, blitzsauber. Vor den steinernen Adlern streckst du den Arm zum römischen Gruß aus, und ich schlage dir mit der Faust auf die Schulter, dass wir fast stürzen. Du lachst, als wäre eine Verletzung kein Risiko, sondern ein Nervenkitzel mehr, der greifbare Beweis zu existieren, lebendig zu sein. So fährst du wie ein Wahnsinniger, und wir kommen viel zu früh an. Wir parken das Mofa auf einer kleinen Piazza, betreten ein Café.

»Zwei Espressi«, bestellst du, ohne mich zu fragen, ob ich einen will, und zwinkerst mir zu: »Ein Espresso muss jetzt wirklich sein! Und das auch.« Und du fasst mich an der Hand und reichst mir ein Schokoladenei.

Ich fühle mich aufgewühlt, hin- und hergerissen zwischen meiner Freude über deine kindliche Geste und meiner Verlegenheit wegen des Blickes des Barkeepers, dem deine übertriebene Aufmerksamkeit nicht entgangen ist. Ich denke, er hat sofort verstanden, er weiß jetzt zweifellos, dass wir geradewegs aus dem Bett kommen, und ich fühle mich schutzlos, als könnte er mich ohne Kleider sehen. Warum gibst du mich preis, statt mich zu beschützen? Bin ich nur Anlass für deinen Stolz?

»Was schaust du so belämmert? Mach das Ei auf, es ist auch eine Überraschung drinnen!« Deine – wenn auch leicht spöttische – Stimme und das scheußliche blaurosa Plastikhäschen lassen alte Erinnerungen in mir aufsteigen und Zärtlichkeit für dich.

Du bist nur ein verletztes Kind, alles andere ist nichts als ein Panzer gegen die Welt.

So sehe ich dich: Ich begreife, dass es für mich kein Entrinnen mehr gibt.

Irgendwo habe ich gelesen, dass auch die intelligentesten Menschen, wenn sie lieben, völlig schwachsinnig werden, da ist nichts zu machen. Ich hatte nicht daran geglaubt, ich lebte glücklich und gesund in meiner Beziehung, Intelligenz und Liebe erschienen mir beinahe als zwei Aspekte ein und derselben Sache.

Zu allem Überfluss entdecke ich mit dir auch meine Dummheit.

Wir verabschieden uns eilig an einer Kreuzung. Mit einem Schlag gibt es den Rest der Welt wieder.

»Um halb sechs bin ich zu Hause. Ich erwarte dich.«

Lapidar wie immer.

»Nein, heute kann ich nicht.«

»Wieso, was ist los?«

»Ich fühle mich nicht gut …«

»Was ist, hast du dich auf dem Mofa erkältet?«

»Genau.«

»Wo ist das Problem? Ich erwarte dich um sechs.«

Und dann legst du auf, und damit ersterben mir meine »Nein« und »Aber« auf den Lippen.

Natürlich werde ich um sechs da sein.

Warum auch nicht? Denke ich etwa, nur weil ich einen banalen Schnupfen und ein bisschen Fieber habe, wäre ich zu schwach, mit dir zu schlafen? Nein, es geht nicht nur um Sex. Fieber zu haben ist für mich etwas Besonderes, beinahe eine Welt für sich. Es ist einer der wenigen Augenblicke, in denen ich das Gefühl habe, dahin zurückzukehren, wo ich wirklich hingehöre, zurück zu mir selbst. Wenn ich Fieber habe, denke, schreibe und arbeite ich wie sonst nie. Es erscheint mir beinahe als Sakrileg, mich in diesem Zustand mit dir zu teilen (aber andererseits tue ich nichts anderes, als Sakrilege zu begehen, seit ich dich kenne). Vielleicht werden wir dieses Mal wirklich über uns reden, eine neue Chance …

Wenn ich Fieber habe, fühle ich mich – wenngleich ich körperlich geschwächt bin –, als hätte ich mehr Energie, Dingen und Menschen zu begegnen. Vielleicht werde ich heute auch dir anders begegnen können.

Ich ziehe mich nicht um, ich bleibe wie ich bin.

Ich komme so zu dir, in weiter Hose und Pullover.

Ich will, dass du mich wirklich siehst.

Ich will, dass du mich so willst.

»*Ciao, Bleichgesicht,* du siehst wirklich etwas mitgenommen aus …«

»Danke, das hatte ich dir doch gesagt, oder? Hör mal, machst du mir bitte einen Tee? Ich brauche etwas Warmes.«

»Etwas Warmes kannst du gleich haben!«

»Komm, lass das. Setz bitte Wasser auf, und lass mich erstmal hinsetzen.«

»Okay, meinetwegen machen wir uns heute einen englischen Nachmittag.«

Ich setze mich, lehne mich an die Kissen, lege die Füße auf den Tisch und warte.

»Also, was macht die Krankheit heute? Hier kommt der spezielle Kräutertee, den dir der Doktor gemacht hat. Mhhhmmm, wir könnten Doktor spielen!«

Erinnerungen an alte Spiele erwachen auf der Haut, tauchen aus einer fernen Gegend meines Gedächtnisses auf. Als wir Kinder waren, machten Michi und ich oft Doktorspiele, und wir wollten beide immer der Patient sein. Die Schauder, wenn die Hand näher kam, die auf den Bauch drückte – »Wollen wir mal sehen, ob es sich um eine Blinddarmentzündung handelt« –, und die Erregung bei der Vorstellung, das Verbotene zu streifen, wenn die Fingerkuppen auf die Verbindungsstelle der Schenkel drückten. Etwas näher am Sexuellen Liegendes als eine Blinddarmentzündung konnten wir uns nicht vorstellen: Die Blinddarmentzündung war der Pfeil, der in jene Richtung zeigte.

Einmal folgte Michi dem Pfeil und überschritt die Grenze. Es war eines der stärksten Gefühle meiner Kindheit. Seine Hand glitt tiefer, während Michi fragte: »Tut es dir hier weh?«

»Nein ...«

»Und hier?«, sagte er, nachdem seine Fingerspitzen zwei weitere Zentimeter zurückgelegt hatten.

»Nein ... nur ein bisschen«, antwortete ich, damit er weitermachte.

»Und hier?« Wieder schob er sich noch zwei Zentimeter tiefer.

»Au, ja, da schon!« Er hatte den Druck verstärkt, aber mir gefiel das.

»Dann liegt da das Problem«, sagte er in feierlichem Ton, legte mir die Hand mitten zwischen die Beine und nahm mir den Atem.

Ich konnte nicht fassen, was er da tat; normalerweise beeilte sich Michi möglichst, wenn er der Doktor war, weil ihm die Rolle des Kranken lieber war, wie mir.

»Hier sollte man auch nachprüfen.«

Er hob den Stoff und glitt mit seiner Hand darunter. Haut gegen Haut, Fleisch auf Fleisch ... mir schwirrte der Kopf, und mir wurde schwindelig. Er berührte mein Geschlecht nur einmal mit den Fingern, dann zog er sich sofort zurück. Er spürte, dass er viel gewagt hatte. Ich hatte nicht den Mut, dasselbe zu tun.

Dieses Spiel spielten wir nicht mehr.

Die Erinnerung hat mich mehr erwärmt als das Fieber, aber es ist nicht Sex, was ich jetzt von dir will.

Seltsamerweise scheinst du das verstanden zu haben.

Du hast dich neben mich gesetzt, meinen Kopf auf deine Schenkel gebettet, streichelst mir Haar und Gesicht und verweilst ab und zu auf der Stirn.

Mir scheint, du willst eher meine Gedanken als meine Temperatur überprüfen.

Ich sage sie dir, ich werde dir alles sagen, ich kann diese Gelegenheit nicht verstreichen lassen.

»Weißt du, ich verstehe, dass dir mein Verhalten seltsam erscheint, aber versuch auch du, mich zu verstehen. Für mich ist das ein Wahnsinn, so was ist mir noch nie passiert, ich habe Frances noch nie so betrogen … Und das Unglaubliche ist, dass ich, trotz allem, trotz dir, nicht aufgehört habe, Frances sehr gern zu haben … Natürlich, nach so vielen Jahren ist es nicht mehr die anfängliche Leidenschaft, im Moment ist davon wirklich nichts vorhanden, und vielleicht, wer weiß, hat uns gerade das in die Krise gestürzt … nur dass ich dann mitten in dieser Krise dich getroffen habe. Aber in diesem ganzen Irrsinn ist eines der wenigen Dinge, die ich weiß, dass die Liebe, die ich für Frances empfunden habe, unverändert geblieben ist, das Gefühl, verstehst du? Alles, was ich empfunden habe, existiert weiterhin, ich liebe Frances noch, ich weiß nicht, wie das möglich ist, aber es ist so. Natürlich ist meine Begierde erloschen, doch seit ich dich getroffen habe, ist sie wie neu entfacht … Seit ich dich kennen gelernt habe, will ich nur noch dich. Wenn mich irgendetwas erregt – eine erotische Szene in einem Film zum Beispiel –, wandern meine Gedanken sofort zu dir; ich denke daran, mit dir Liebe zu machen, nicht mit Frances …

Damals, als wir ans Meer gefahren sind, vor kurzem, zu einem Schulfreund von mir – weißt du noch, du hast bei mir angerufen, als ich weg war? –, na ja, also dort, am Meer, außerhalb der Saison, da ging's uns so gut, wir waren alle entspannter als gewöhnlich ... An einem Abend haben wir gegrillt, viel getrunken, waren fröhlich, ein bisschen angeheitert und sind nachts am Strand spazieren gegangen; der Himmel war voller Sterne, das Meer rauschte, und wir haben gesungen: In jenen Augenblicken fühlte ich mich vollkommen glücklich. Ich ging neben Frances, wir hielten uns an den Händen. Irgendwann schlugen wir eine andere Richtung ein, einfach so, ohne Ziel, weit weg von den anderen, und kamen bis zu den an Land gezogenen Booten. Hinter einem streckten wir uns aus und legten uns auf unsere Jacken; es war kalt, und Frances begann, sich an mir zu reiben, dann mich zu küssen, mich anzufassen, mir die Hände unter die Kleider zu schieben, in die Hose: Er wollte mich lieben, sofort, dort am Strand, ohne abzuwarten, bis wir zu Hause waren, weil wir das schon so lange, viel zu lange nicht mehr gemacht hatten ... und einen Moment lang vermeinte auch ich dieselbe Begierde zu verspüren wie früher, und war kurz davor, mit ihm zu schlafen. Aber es war nur ein Moment. Dann spürte ich etwas, etwas, was mich drängte und blockierte, ein Druck auf Armen und Beinen, als läge etwas auf meinem Körper, und es war nicht Frances. Ich dachte, vielleicht wird mir schlecht, weil ich zu viel getrunken habe. Dann verstand ich. Es war deine Spur.

Ich bremste Frances und sagte ihm, dass sich mir alles drehte und ich mich übergeben müsse wegen all des Weines, den wir getrunken hatten, aber es sei nichts, er solle sich keine Sorgen machen. Und er solle nicht böse sein, wir hätten doch noch beinahe zwei Tage Zeit, einen Haufen Zeit ... und natürlich habe ich ihn dann nicht mehr so nahe an mich herangelassen.

Für Frances ist in meinem Körper kein Platz mehr.«

Du schweigst ein paar Sekunden, dann antwortest du.

»Warum machst du so ein Drama daraus? Wir kennen uns im Grunde erst seit kurzem, während du mit Frances seit Jahren eine Beziehung hast: Gib dir Zeit! Krisen in einer langen Beziehung sind etwas Unvermeidliches, das weiß ich gut, ich war fünf Jahre mit Angela zusammen; du brauchst nicht zu denken, dass ich diese Krisen nicht kenne. Klar, wenn dann ein Dritter mit im Spiel ist, wird alles schwieriger ...«

Ich unterbreche: Warum verstehst du nicht?

»Es ist nicht gerade das Übliche, ich weiß nicht, ob dir das klar ist.«

»Natürlich, du hast Recht, es ist nicht das Übliche: weil du nämlich *mich* getroffen hast!«

Du lachst und bringst mich zum Lächeln. Dann wirst du wieder ernst: »Ich verstehe dich, glaub mir, ich verstehe alles, ich weiß sehr gut, wie seltsam es für dich sein mag, wie anders ... aber wenn du die Dinge so dramatisch angehst, wird nicht viel dabei herauskommen. Du musst unsere Geschichte mit mehr Heiterkeit leben, ohne Eile. Ich verlange nicht von dir, dass du dich zwischen Frances und mir entscheidest, das wäre absurd. Du kannst jetzt nichts entscheiden, Verstehen braucht Zeit, viel mehr als ein, zwei Monate. Du musst herausfinden, was du selbst für dein Leben willst. Wie lange bist du mit Frances schon zusammen, sechs, sieben Jahre? Vielleicht seid ihr auch schon auf den Gedanken gekommen zu heiraten. Ich mag für dich vielleicht eine Leidenschaft sein, aber eine vorübergehende, etwas, was dir einmal und nie wieder widerfahren ist, überleg mal, so könnte es doch auch sein, oder?«

»Wie kommt's, dass du heute so weise bist, was ist los mit dir? Hast du nicht neulich etwas in der Art gesagt: ›So kannst du nicht weitermachen‹?«

»Ich hab dir das nur gesagt, weil dir diese Situation nicht gut tut: Du warst so unverträglich! Heute hingegen scheinst du ganz vernünftig!«

»Was redest du da, unverträglich, aber woher denn! Du hast mich doch angegriffen, wie beinahe immer.«

»Ich hatte nicht den Eindruck, als ob dir das missfallen hätte.«

»Weil auch ich dich will, das weißt du doch, aber es gibt verschiedene Arten, einem das mitzuteilen: Du hast ihn mir praktisch ins Gesicht geknallt!«

»Ja, vielleicht war ich etwas sehr direkt, aber meiner Meinung nach magst du es, dass ich so bin. Wenn ich so ein ganz Netter wäre von der Sorte: ›Entschuldige, Schatz, hättest du Lust, mit mir zu schlafen?‹, würde ich dir, glaube ich, nicht so gefallen. Suchst du nicht auch gerade das bei mir?«

»Hör zu, ich weiß nicht, was ich bei dir suche, aber es gibt einen Mittelweg zwischen ›Entschuldige, Schatz, hättest du Lust, mit mir zu schlafen?‹ und ihn mir ins Gesicht zu knallen, meinst du nicht? Ich komme nicht zu dir, weil du gewalttätig bist, ich komme zu dir, weil du mir gefällst. Aber ich weiß nicht, warum du mir gefällst, das weiß ich wirklich nicht, ich kann mir das nicht erklären. Vielleicht ist für dich alles ganz normal, für dich ist so eine Geschichte vielleicht nichts Neues, aber für mich schon, wie ich bereits sagte: Mir ist so was noch nie passiert.«

»Ja, das sagtest du bereits, ich habe es verstanden.

Deswegen musst du die Sache ruhiger angehen, sonst fühlst du dich nur schlecht dabei, du bekommst Schuldgefühle und kommst zu keinem Ergebnis. Das Problem ist nicht *betrügen* oder *treu sein*, der Punkt ist, dass es einem selber gut geht: Wenn es dir gut ginge, könntest du dich ohne weiteres sowohl mit mir als auch mit Frances treffen und glücklich dabei sein ... es gibt einen Haufen Leute, die so leben, weißt du? Dir hingegen geht es überhaupt nicht gut, du siehst nur die negative Seite der Sache: Für dich ist eine weitere Beziehung Betrug, Sex ein Problem ...«

»Für dich hingegen stellt sich das Problem erst gar nicht ...«

»Aber nein, was soll das, es stellt sich mir, vielmehr es hat sich mir gestellt, aber ich habe es an der Wurzel gepackt: Ich habe begriffen, dass ich eine sehr ausgeprägte Sexualität habe und dass ich dumm war, mir Grenzen zu setzen, die, schaut man genauer hin, rein moralistischer Natur sind.«

»Deiner Ansicht nach ist es also nichts als simpler Moralimus, gewisse Probleme zu haben! Meinst du nicht, es könnten andere Gründe dahinter stecken?«

»Aber was denn für welche? Wenn du tiefer bohrst, ist der einzige Grund, der letztlich ans Licht kommt, der altbekannte: Sex ist nur dann erlaubt, wenn er der Zeugung dient. Denk darüber nach, nur das ist der Punkt. Wenn es einem hingegen gelingt, sich von diesem Denkmuster zu befreien und sich darüber klar zu werden, dass Sex eine Ausdrucksform ist – vielleicht die wichtigste Ausdrucksform überhaupt –, und ihn so zu leben, ja, kannst du dir vorstellen, wie viel einfacher dann alles wäre? Vor der Zeugung ist Sex ... ein Zeitvertreib! Die Lust kommt vor der Zeugung, ja, ganz unabhängig davon. Und Dinge, die im Bett am meisten Spaß machen, sind, sieh mal einer an, die, welche nichts mit dem Kinderkriegen zu tun haben. Aber das darf nicht sein, o nein! Diese ganze … unfruchtbare Lust: wehe, um Himmels willen, welch schreckliche Schuld!«

»Für mich ist der Punkt aber ein anderer, ich weiß nicht, ob du das verstanden hast, ich pfeife auf das, was mir die katholische Religion oder wer auch immer vorschreibt! Der Punkt ist: Es geht mir schlecht, weil etwas in meinem Inneren mir sagt, dass all das falsch ist … dass du falsch für mich bist.«

»Oder du für mich, wer weiß? Wenn ich dir so falsch erscheine, warum hörst du dann nicht auf, mich zu treffen? Entscheide, dass es vorbei ist, und mach Schluss, auf der Stelle, sofort. Für mich ist das kein Problem, das weißt du, ich bin zu jeder Lösung bereit.«

Ich habe dich gekränkt, habe es gewagt, dich als falsch zu bezeichnen, dich, der du doch der Allerrichtigste bist. Das glaubst du wirklich. Du weißt, wer die Guten und die Bösen sind, du weißt, was richtig ist und was nicht, was man tun und lassen muss. Deine Sicherheit verwirrt und ängstigt mich, denn es geschah wohl im Namen von Gewissheiten wie der deinen, dass Feldherrn mit dem Schlachtruf »Gott ist mit uns!« ihre Truppen in Getümmel führten, um ihrerseits mit demselben Schlachtruf von anderen niedergemetzelt zu werden.

Wenn es frühere Leben gibt, dann warst du sicher ein Kreuzritter. Tancred. Und wer war ich dann? *Clorinda* ... Ein Männergewand über einer weiblichen Identität. Ein falsches Gewand: eine zum Sterben geborene Kreatur ... Tancred kann nicht anders, als den glänzenden Ritter in Rüstung zu töten; erst als dieser schon am Boden liegt, sieht er die schönen Haare, die aus dem Helm herausfließen, und das geliebte Gesicht.

Er erkennt die geliebte Frau nicht und tötet sie. *»Each man kills the things he loves«* – »jeder Mann tötet die Dinge, die er liebt« – singt Jeanne Moreau in *Querelle*. Ist das so? Liebst auch du mich und erkennst mich nicht? Liebst auch du mich und wirst mich töten? Aber vielleicht liebst du mich gar nicht. Ich weiß nicht, welcher Gedanke entsetzlicher ist …

Gott, schau, wohin mein Geist gewandert ist, wie immer schweift er ab angesichts deines Drängens. Du provozierst mich, weil du schon Bescheid weißt. Du weißt sehr gut, dass ich nicht aufhören kann, dich zu treffen, du weißt sehr gut, dass ich mich nicht entscheiden kann, unfähig bin. Du bist so entschlossen und ich so leicht Opfer meiner Unsicherheit. Diese deine Sicherheit – ich fürchte sie, aber ich beneide dich auch darum und bewundere sie. Schon immer habe ich beinahe liebevoll den Zweifel gepflegt, im Glauben, dass dort die Wurzel der Wahrheit liege, der Ursprung der Existenz selbst. Ich zweifle, also denke ich, ich denke, also bin ich. Auch wenn nichts auf der Welt sicher ist, gibt es die Gewissheit des Zweifelns. Und an allem muss gezweifelt werden, um das Böse zu vermeiden, vor allem an der Gewissheit, Recht zu haben.

Aber angesichts der bloßen Möglichkeit, auf das Wiedersehen mit dir zu verzichten, gibt es keinen Zweifel: Das kommt nicht in Frage. Ich habe keine Zweifel: Ich will dich.

»Warum musst du immer so kategorisch sein! Ich will nicht aufhören, dich zu treffen, absolut nicht, aber du weißt doch, wie ich mich fühle, oder? Ich fühle mich schuldig, daran kann ich nichts ändern. Ich kann versuchen, mir mit aller Kraft einzureden, dass ich ›unschuldig‹ bin, aber gerade wenn ich schon beinahe daran glaube, fühle ich mich wieder schuldig. Deswegen scheint mir diese, unsere Beziehung falsch zu sein, weil ich mir denke, wenn es mir so schlecht damit geht, dann stimmt etwas nicht … dann stimmt etwas mit unserer Beziehung nicht, nicht mit dir, verstehst du? Und ich weiß nicht, was ich tun soll, ich weiß es wirklich nicht ... ich möchte gerne zwei Menschen sein, zwei Leben haben ... ja, wenn möglich noch viel mehr.«

»Wie, noch viel mehr? Für wen würdest du denn all diese Leben haben wollen?«

»Nein, was denkst du nur, ich möchte sie doch nicht dafür haben, um mit wer weiß wie vielen Leuten zusammen zu sein. Ich würde sie für mich wollen. Hast du nie Lust verspürt, alles zu machen, alles zu leben, alle möglichen und vorstellbaren Arbeiten auszuprobieren, in allen Ländern der Welt zu leben, alles zu sein, was ein Mensch nur sein kann? Hast du dir nie gewünscht, tausend Leben zu leben? An der Stelle des einen oder anderen Menschen zu sein, um zu spüren, wie sich dieses andere Leben anfühlt? Ein einziges Leben genügt wirklich nicht, die Zeit ist so kurz, um all das zu tun, was zu tun ist ...«

»Ja, das ist wahr, aber mir passt das Leben, so wie es ist, sehr gut, ich beneide niemanden um seines, ich möchte niemand anderer sein. Ich tue genau das, wozu ich Lust habe. Vielleicht würde ich gern etwas weniger arbeiten, aber im Grunde mag ich auch meine Arbeit. Für meine Eltern hingegen – für die bräuchte ich wirklich ein anderes Leben, um mich um meinen Vater zu kümmern, der inzwischen nicht mehr ganz richtig im Kopf ist und den ich manchmal irgendwo einsammeln muss, und für meine Mutter, die sich einsam fühlt, mich ständig anruft und immer erstickender wird. Aber ansonsten, nein, ich tue genau das, was ich will. Zum Beispiel will ich dich, und du bist hier!«

Du umarmst mich ganz fest, ich rutsche dabei die Rückenlehne des Sofas entlang, und du drückst mich gegen die Armstütze. Lächelnd siehst du mich an, glücklich, das zur Hand zu haben, was du willst. Mich. Und auch ich lächle, glücklich, das zu sein, was du willst. Du legst dich auf mich, Körper an Körper, Geschlecht gegen Geschlecht. Du wiegst schwer, aber ich würde um nichts in der Welt wegrücken. Eine Weile hältst du mich so fest, mich beinahe zerquetschend, mir den Atem nehmend. Dann rutschst du an meine Seite, zwischen mich und die Rückenlehne, und stützt dich auf einen Ellbogen. Du legst mir die freie Hand aufs Geschlecht und drückst, dann lockerst du deinen Griff, lässt sie aber ruhig dort liegen, als wolltest du hören, wie mein Blut pulsiert.

»Irgendwann wirst du wissen, was du tun musst«, sagst du, »was richtig ist.« Du hast gesprochen wie ein Orakel.

Du *weißt*. Du Glücklicher.

Ich weiß überhaupt nichts. Nur dass ich jetzt unendlich müde bin; ich würde gerne einschlafen und beim Aufwachen eine Lösung gefunden haben, in mir oder außerhalb von mir; ja, ich möchte, dass jemand anderer die Lösung findet, mehr noch: dass sie sich von selbst findet. Im Grunde ist auch das eine Entscheidung: nichts tun, die Dinge laufen lassen, sich dem Fluss hingeben und annehmen, was geschehen wird.

Amen.

Und auch das ist eine Illusion.

Die Dinge und die Menschen verlangen Antworten: Irgendwann muss man Ja oder Nein sagen, wenn auch ganz leise. Auch ich werde das tun müssen, vielleicht habe ich schon damit begonnen. Auch die Aussage: »Ich entscheide mich nicht, ich tue nichts«, ist bereits eine Entscheidung und eine Tat: Sie wird das Tun und die Reaktionen der anderen bestimmen.

Dann sollte ich also aufhören, überhaupt etwas zu tun.

Was auch immer.

Dann wäre die einzig wahre Alternative die zu sterben.

Kann es sein, dass es immer nur diese andere Möglichkeit gibt?

Kann es sein, dass die einzige »Lösung« für die Liebe der Tod ist?

Diese Geschichte, die so alt ist wie die Welt, und die manchmal jemand zu erzählen beginnt oder sogar zu leben – ich weiß nicht, wie wir darauf kommen: Liebe und Tod, *eros* und *thanatos*, immer sie, immer dasselbe.

Weil nur der Tod die Liebe im wahrsten Sinne des Wortes zu etwas Absolutem macht; *absolutus*, »von Fesseln befreit«, gelöst, unabhängig, alles in sich vollendet. *Absolut* vollkommen.

Nur der Tod ist auf der Höhe der Liebe.

Und wir wissen von diesen beiden *Dingen* nicht einmal genau, was sie sind.

Ich weiß nicht, was ich getan habe, wo und wie lange ich umhergeirrt bin, ich habe fast keine Erinnerung an die letzten Tage, wenn mich jemand fragte: »Was hast du gestern gemacht?« – oder vorgestern –, wüsste ich keine Antwort.

Ich bin ziellos durch die Straßen gelaufen, bis Hunger oder Schlaf mich wieder nach Hause brachten, ich habe zugelassen, dass mir die Tage aus den Händen glitten, auf den Asphalt rutschten, an den Schaufenstern idiotischer Geschäfte zerschellten. Wenn irgendwo etwas glitzerte, zog es unwillkürlich meinen Blick an und führte mich. Von Schaufenster zu Schaufenster, von Auslage zu Auslage, von Straßenlaterne zu Straßenlaterne folgte ich dem dünnen Lichtfaden, der von einer Neonschrift über das Rücklicht eines geparkten Autos zum wellenförmigen Widerschein auf einem Blech bis hin zum wässrigen Glitzern der Pfützen verlief. Am Ende eines Nachmittags fand ich mich in einer Gegend der Stadt wieder, die ich nicht kannte, von der ich hätte schwören können, sie nie gesehen zu haben. Ich habe sie auch dann nicht wahrgenommen. Ich sah nur jenen Faden, jenen durchgehenden Lichtreflex. Es bewegt sich, das Licht, es bewegt sich wie Wasser … wenn das letzte Tageslicht verschwindet, ziehen die Autos es an und fahren es spazieren. Ich weiß nicht, wie viel Zeit ich damit verbrachte, von einer Straßenüberführung aus die beiden Ströme roter und weißer Fäden zu betrachten, die Lichtkegel der Scheinwerfer und Rückenlichter wie Sternschnuppen, wie Kometen. Ich ließ mich von ihnen blenden und verzaubern. In der Nacht verwandelt sich die Tangente in etwas Wunderschönes.

In der Arbeit habe ich gesagt, dass es mir schlecht gehe und ich nicht wisse, wie lange ich im Bett bleiben müsse: »Ja, ich weiß, ich höre mich furchtbar an, ja, genau, eine Grippe.« Vielleicht gehe ich gar nicht mehr dorthin zurück, ich könnte auch kündigen, es ist mir vollkommen egal. Keine Universitäten und Bibliotheken mehr, keine Forschungen, überhaupt nichts mehr. Nur wie ein Roboter durch die Stadt gehen, niemandem Rechenschaft ablegen müssen. Selbst die Abende draußen, inmitten betäubter Menschen. Ich habe auch Freunde getroffen, glaube ich, aber bei meiner Unaufmerksamkeit gegenüber allem und jedem verschwimmen die Gesichter. Ich erinnere mich nicht, nichts bleibt in meinem Gedächtnis haften, weil nichts von Bedeutung ist. Nichts außer einer fixen Idee, einer Obsession.

Du hast eine Geliebte.

Ich habe dich ertappt, dich in flagranti erwischt.

Das ist nicht wahr: Vielleicht wolltest du es mich wissen lassen.

Du hast es fallen lassen, einfach so, wie man den Namen eines wichtigen Freundes zufällig in einem Gespräch fallen lässt oder eine geöffnete Tasche, die dabei die Dinge in ihrem Inneren enthüllt. Einfach so, wie aus Versehen. Auf dem grünen Sofa, wir sprachen über gemeinsame Bekannte, was der und der für ein Typ ist und ähnlichen Unsinn. Und du: »Das letzte Mal, als ich mit Betta geschlafen habe, war es nichts Besonderes.«

Ich springe auf: »Entschuldige, das letzte Mal, wann?«

»Spielt das eine Rolle?«

»Könnte es durchaus: War es erst neulich?«

»Letzte Woche.«

»Aha.« Mir gefriert das Blut in den Adern.

»Aber die kann nicht vögeln, man merkt, dass es ihr eigentlich keinen richtigen Spass macht. Sie macht es nur, weil sie in mich verliebt ist, und außerdem ist sie einfach so, sie ist so eine, die nur die große Liebe will, die einen nur dann ranlässt, wenn sie einen liebt, und wer weiß, was sie sich in ihrem Kopf für einen Film zusammengesponnen hat: Die sieht sich schon mit Ehering und Brautschleier ... Aber kochen tut sie gut.«

Ich weiß nicht, wie ich meine Stimme wiederfinde: »Hast du was mit Betta?«

»Ach was! Sie lädt mich ab und zu zum Essen ein, um mir zu zeigen, was für eine vollkommene Ehefrau sie wäre, dann vögeln wir, und damit hat sich's. Manchmal gehen wir zusammen ins Theater oder ins Kino, das ist alles. Wir haben ein paar gemeinsame Freunde, die uns zur Verlobung drängen, aber ich denke gar nicht daran!«

»Das ist alles?! Und das sagst du so einfach? Was fällt dir eigentlich ein, was bist du nur für ein Mensch?«

»Du weißt doch, wie ich bin, oder solltest es wenigstens wissen, ich habe es dir jedenfalls gesagt: Ich habe eine sehr ausgeprägte Sexualität, ich habe mich inzwischen damit abgefunden.«

»Du bist ein Arschloch, das bist du, ein Zyniker, einer, der auf die Gefühle der anderen pfeift, ja, sie sogar ausnutzt, nur um seinen Spaß zu haben, Hauptsache, dir geht es gut, die anderen können ruhig verrecken, ist dir doch scheißegal! Für wen hältst du dich eigentlich, dass du meinst, so mit den Menschen spielen zu können? Du widerst mich an!«

»He, mach mal langsam. Was soll diese ganze Wut, diese Eifersucht? Verdammt, so hätte ich dich nicht eingeschätzt! Was mit uns beiden ist, ist etwas anderes, das liegt auf der Hand, das weißt du doch sehr gut! Das ist etwas Grundverschiedenes, das kann gar nicht anders sein. Und ganz abgesehen davon bist du doch auch nicht nur mit mir zusammen.«

»Was hat das damit zu tun? Dass es Frances gibt, wusstest du vorher, vom ersten Moment, von Anfang an. Und du willst mich trotzdem und sagst mir doch selbst dauernd, ich bräuchte mich nicht zu entscheiden, es bestehe keine Eile und diese ganzen Geschichten! *Du* sagst das doch! Und du weißt sehr gut, dass ich nicht mehr mit ihm schlafe, dass ich das nicht schaffe, nicht kann! Du hingegen vögelst mit dieser … dieser Idiotin, wer weiß, wie lange schon. Was war ich nur für ein Dummkopf zu denken, das mit uns könnte etwas Ernstes sein, wie konnte ich das nur glauben. Aber du, einfach mit einer ins Bett steigen, sobald ich mich nur umdrehe!«

»Warum misst du dem Sex nur so viel Bedeutung bei? Was ändert das für dich, wenn ich ab und zu mit einer anderen ins Bett gehe? Für mich ist das so, als würde ich zu ihr zum Abendessen gehen … nein, das Abendessen ist sogar besser.«

»Und warum musst du dann mit ihr schlafen?«

»Aus Wohlerzogenheit. Denn wenn ich es nicht tue, ist sie gekränkt. Sie hält sich für hässlich – in der Tat ist sie nicht gerade besonders hübsch –, sie nimmt das als Ablehnung auf und ist beleidigt. Was ist also schon Böses dabei, mich kostet das doch nichts. Das ist bei uns eben so, sie kocht für mich, und ich bringe den Nachtisch mit.«

»Nein, ich fasse es nicht.«

»Weil du den Sex für heilig erklärst, ihn auf einen Altar hebst und ihn wie etwas Feierliches und Tragisches erlebst. Dabei ist Sex doch auch etwas Leichtes, ein Spiel … ist es für dich immer etwas so Furchtbares gewesen?«

»Sex *ist* etwas Furchtbares.«

»Siehst du? Siehst du, wie du ihn erlebst? Siehst du, dass du es bist, die ein Drama daraus macht? Es ist nicht wahr, dass es etwas Furchtbares ist! Es kann auch etwas sehr Fröhliches, Einfaches, Unproblematisches sein …«

»Erzähl das dieser armen anderen Frau, die sich bereits mit dir am Altar sieht, erzähl ihr dasselbe! Ich möchte sehen, was sie dir antwortet. Du kapierst überhaupt nichts. Oder du tust so, als würdest du nichts kapieren, weil es so für dich bequemer ist. Aber Sex bedeutet das Eindringen in einen anderen Menschen, Fleisch in Fleisch, das Eindringen in die Identität des anderen. Wie kannst du das nur mit Leichtigkeit tun? Nur wenn du schon lange mit jemandem zusammen bist und ihn kennst und ihm vertraust, dann ja, dann kannst du Sex als etwas Leichtes erleben, als Spiel ... aber ansonsten ist es unmöglich. Oder du machst es mit jemandem, der dir total egal ist, dann berührt es dich nicht, egal, was geschieht. Aber warum solltest du mit jemandem schlafen, der dir total egal ist?!«

»Mir ist Betta nicht egal. Ich liebe sie nicht, und ich glaube nicht, dass ich mich je in sie verlieben werde, aber als Freundin mag ich sie. Nicht alle Beziehungen sind gleich, ja, sie sind alle anders, das Leben ist voller Mittelwege, es gibt nicht nur die große Liebe oder das ›völlig egal‹, wie kannst du nur so radikal sein?«

»Für mich sind Freunde Freunde, mit denen vögelt man nicht, das sagt mir mein gesunder Menschenverstand. Mach du, was du willst, es ist sicher nicht meine Aufgabe, dir zu sagen, was du darfst und was nicht, und du machst doch sowieso immer, was du willst. Aber dann lass mich in Ruhe, einverstanden?«

»Ach komm, das gibt es doch nicht, dass du das so auffasst! Du kannst doch nicht so kategorisch sein, du kannst doch nicht verlangen, dass ich in unserer Situation nur mit dir schlafe, denk doch mal darüber nach!«

»Das ist wahr, das kann ich nicht verlangen, ich habe kein Recht, irgendetwas von dir zu verlangen. Aber dein

Verhalten ist für mich unbegreiflich, es stört mich, ich fühle mich schlecht dabei. Zu denken, dass du, wenn wir nicht zusammen sind, vielleicht gerade irgendwo bist und es mit einer anderen machst, aus Wohlerzogenheit oder ähnlichem Schwachsinn oder einfach, weil du Bock drauf hast … nein, das halte ich nicht aus, das finde ich unerträglich. Ich darf nichts verlangen, aber dass du mich in Ruhe lässt, das schon.«

»Gut, wenn es das ist, was du willst, lass ich dich in Ruhe, aber ich finde es absurd: Wie kannst du nur solche Schlüsse ziehen? Wenn du nur einen Augenblick vernünftig wärst, würdest du anders reagieren: Die Wahrheit ist, dass du nicht in der Wirklichkeit lebst. Du lebst in einer Welt, die du dir selbst schaffst, die nach deinem Willen funktioniert, aber die reale Welt ist eine andere, irgendwann wirst du dir das klar machen müssen.«

»Wenn die wirkliche Welt so ist, wie du behauptest … interessiert sie mich nicht. *Deine* wirkliche Welt ist für mich entsetzlich.«

Ich gehe. Ich gehe zum x-ten Mal für immer, aber diesmal wirklich für immer, um dich nie mehr zu sehen, diesmal ist es etwas anderes. Eine andere zwischen uns … dieser Gedanke macht mich wahnsinnig, und ich fühlte mich doch bis dato gegen Eifersucht immun: Mit Frances hatte ich sie nie empfunden. War das dann keine Liebe? Wie oft habe ich andere sagen hören, wenn man jemanden liebe, sei man wenigstens ein bisschen eifersüchtig … aber das schien mir so dumm zu sein. Und wenn es doch so wäre? Ich weiß es nicht, ich weiß nichts mehr, du hast alles auf den Kopf gestellt.

Ich gehe, und meine Gedanken verfolgen mich wie

eine Meute Hunde, und schließlich schnappt einer nach mir, und ein Zahn bleibt im Fleisch stecken wie ein eingeschlagener Nagel. Eine Frau, diese Frau. Eine aus deinem Kreis, eine wie du, eine, die zu dir passt, sicher mehr, als ich es je könnte. Warum solltest du mir den Vorzug geben? Die Liebe ist auch opportunistisch, wenigstens für manche. Vom vielen wohlerzogenen Vögeln und all den köstlichen Abendessen könntest du dich auch in sie verlieben. Es gibt nicht nur den *coup de foudre*. Es gibt auch den *coup de raison*. Irgendwann spürt man, dass der Moment gekommen ist innezuhalten, man möchte heiraten, den Richtigen an seiner Seite haben: Wie könnte ich das je sein? Zwischen fünfunddreißig und vierzig geschieht das immer – oder fast immer. Und dann würdest du dich für sie entscheiden oder für eine wie sie, das macht kaum einen Unterschied. Würdest du etwa bei mir bleiben? Und ich? Könnte ich bei dir bleiben? Vielleicht ist es so *richtig*, die Dinge laufen so, wie sie sollen … Aber was für eine spießige Traurigkeit, was für eine Banalität und diese Gemeinplätze wie »Liebe geht durch den Magen«.

Und überhaupt koche ich auch sehr gut.

Warum habe ich nie Pasta mit Venusmuscheln und Brokkoli für dich gekocht? Oder Pasta mit Paprika und Miesmuscheln? Du wärst ganz verrückt nach meinen Rezepten gewesen, nach meiner Paella ohne Reis, einer Symphonie aus Fischstücken, Krebstieren und Meeresfrüchten auf frischen Tomaten …

Warum lebe ich nicht in der Wirklichkeit? Darin hast du Recht, zweifellos. Wie kann mich nicht mal der Gedanke gestreift haben, dass du eine andere Beziehung haben könntest? Wir sind nicht zusammen, wir können es im Moment, in dieser Welt, nicht sein.

Es ist wahr: Ich bin keine Realistin. Das war schon immer so, die Wirklichkeit hat mir nie besonders gefallen, ich habe sie mir immer nach meiner Fasson zurechtgelegt, die der anderen war mir stets zu eng. Und bisher hatte ich es geschafft, war es mir gelungen, zu meinen Bedingungen in dieser Welt zu leben, indem ich geistesverwandte Menschen fand, mit denen ich mich verstand, mir eine Arbeit suchte, die wie für mich geschaffen war, mit einem Menschen zusammen war, der zu mir passte …

Jetzt ist die Welt der anderen auf mich herabgestürzt, ich hatte keine Zeit auszuweichen, hatte sie wirklich nicht einstürzen sehen.

Ich sollte so intelligent und so vernünftig sein, das zum Anlass zu nehmen, mich von dir zu lösen, mir dich aus dem Herzen zu reißen. Du hast eine andere Beziehung, du bist mit Betta zusammen, und mit uns ist es zu Ende.

Aber ich habe den Verstand verloren, in meinem Kopf gibt es nur noch den Wahnsinn. Und nichts kann mir meine Vernunft zurückbringen.

Ich kann nichts anderes tun, als weiterhin kreuz und quer die Stadt zu durchmessen, ich könnte das Straßenverzeichnis verfassen. Falls ich kündige, könnte ich am Stadtplan mitarbeiten. Oder bei den Gelben Seiten, dem Stadtführer, dem kleinen Faltplan: Ich könnte genau sagen, wo sich dieses Geschäft oder jenes Lokal oder was auch immer befindet, so viel habe ich in diesen Tagen gesehen. Ich habe alles gesehen.

Außer dich.

Ich weiß nicht, wo du bist, doch ich fürchte zu wissen, bei wem.

Ich halte es nicht aus, ich kann nicht mehr, warum hört mein Leben nicht jetzt auf, in diesem Augenblick, auf dieser Tangente?

DREI

»*Ciao*, wie geht's?«

»Was ist los, hat Betta den Braten anbrennen lassen?«

»Welch ein Sinn für Humor – es geht dir also besser!«

»Ich hatte dir gesagt, du sollst mich in Ruhe lassen.«

»Hör zu: Fährst du dieses Wochenende mit mir ans Meer?«

»…«

»Hast du verstanden? Möchtest du dieses Wochenende mit mir ans Meer fahren?«

Du wiederholst deine Frage und betonst dabei jedes Wort einzeln, wie man es mit Ausländern macht oder mit sehr kleinen Kindern, die Mühe haben zu verstehen. Aber ich habe verstanden, ich habe sehr gut verstanden: Du willst, dass ich mit dir wegfahre, ein Wochenende, wir beide, weit weg von der Welt. Die Sache ist die, dass ich es nicht glauben kann.

»Ja.«

Hingehaucht, meine Stimme zittert so, als hättest du mich gefragt, ob ich dich heiraten will.

Ja, ja, tausendmal ja.

Tausendmal gute Nacht, mein Liebster …

Ich mit dir am Meer, außerhalb der Saison, außerhalb der Welt. Es ist wahr, genau dann, wenn du dich dem Tod nahe fühlst, kommt plötzlich die Wiedergeburt.

»Ich hole dich morgen Vormittag um elf Uhr ab.«

Morgen Vormittag um elf: Ich muss mich von der Ohrfeige dieses Glücks erholen und mir etwas für Frances überlegen.

Mir fallen nur banale Lügen ein, zum Beispiel, dass ich zu meinen Verwandten aufs Land fahre, dabei weiß ich nicht mal, ob so ein Besuch als Lüge oder als Wahrheit trauriger wäre; oder dass ich für meine Arbeit in die und die Stadt auf den und den Kongress muss. Nein, ich will mir nicht krampfhaft irgendwelche Geschichten ausdenken, die wachsen einem unmerklich über den Kopf, entwickeln ein Eigenleben, nehmen langsam an Details zu und dann, nur weil eine fingernagelgroße Einzelheit eingefügt wird, fällt das ganze Lügengebäude in sich zusammen, lächerlich und erbärmlich. Ich sehe Frances sowieso heute Abend, das heftige Glück, das ich empfinde, wird mir die notwendigen Worte schon eingeben. In den vergangenen Tagen, jenen Tagen, in denen ich durch fremde Viertel irrte, hatte ich an alles Mögliche gedacht, und darunter war auch der Gedanke aufgetaucht, Schluss zu machen, endlich diese Beziehung zu beenden, die mittlerweile verschlissener ist als ein zu lange getragenes Kleidungsstück … aber gerade weil sie so übel zugerichtet ist, erfüllt sie mich mit mehr Zärtlichkeit denn je. Während ich herumirrte, war der Gedanke an Frances meine Kuscheldecke.

Heute Abend gehen wir wohlweislich ins Kino, feige, wie wir sind, so reden wir nur sehr wenig, und das Wenige besteht fast ausschließlich aus Kommentaren über einen Film, der uns kaum interessiert; manchmal rutschen einem jedoch gerade bei abstrakten Überlegungen mit mehr Unbekümmertheit – mit weniger Angst – jene Sätze heraus, welche ganz offensichtlich nicht die Protagonisten des Films betreffen, sondern die Hauptdarsteller dieser sterbenden Liebe. Uns.

»Bei den beiden ist von Anfang an klar, dass sie sich nicht mehr lieben, warum versteift man sich manchmal so darauf, zusammenzubleiben?«

Aber gerade, als ich meine, den Mut gefunden zu haben, und weiterreden will, da bricht Frances plötzlich nach einer Seite aus und sagt mit allzu fröhlicher Stimme: »Hör mal, macht es dir etwas aus, wenn ich dieses Wochenende mit der Clique meiner ehemaligen Studienkollegen wegfahre?«

Nein, manchmal ist das Leben zu einfach, das sollte nicht erlaubt sein. Mit den ausgefahrenen Antennen seines sechsten Sinnes hat er noch vor mir selbst begriffen, worauf meine Worte hinauslaufen könnten, und öffnet, zack, seine Zauberkiste (beinahe ein Profi, nach so vielen Jahren; doch andererseits, wie viele Langzeit-Paare »funktionieren« so?) und verschlägt mir die Sprache mit einem jener supersimplen Tricks, die jedoch nie ihre Wirkung verfehlen.

Zum x-ten Male trickst er mich aus und bietet mir eine Galgenfrist, die ich mir natürlich nicht entgehen lasse.

Wir werden nach unserer Rückkehr reden.

Ich habe Frances nicht gefragt, wo er hinfährt, das hätte ich nur mit geheucheltem Interesse getan, und jetzt fallen mir so absurde Dinge ein wie die sehr entfernte, jedoch realistische Möglichkeit, dass wir am selben Ort landen und uns dort vielleicht begegnen. Aber so wäre es wirklich zu einfach, es wäre die Lösung von oben, das Geschenk des Himmels, auf das ich so sehr hoffe, ein echter Deus ex machina in dieser Situation.

Ich weiß, wir werden uns nicht treffen.

Dich habe ich auch nicht gefragt, wohin du mich bringen wirst und warum ans Meer, zu dieser Jahreszeit. Es spielt auch nicht die geringste Rolle.

Es nieselt. Jener dünne Regen, der zu dauern verspricht, ein Klima, das zum Meer im Frühling passt. Im Auto neben dir sage ich kein überflüssiges Wort, studiere dein aufmerksames Profil und lege meine Hand neben deinen Oberschenkel, sodass du deine rechte Hand, wenn sie sich nicht auf dem Steuer befindet, auf meine legen kannst. Von einem bestimmten Augenblick der Reise an nimmst du die Hand dort nicht mehr weg.

Ich habe einen für zwei Tage übertriebenen Koffer mitgenommen. Ich denke, ich könnte vielleicht nicht zurückkommen, ich könnte vielleicht nicht zurückkommen wollen. In der Ungläubigkeit meiner Freude schlafe ich ein.

Ich erwache, als wir schon fast da sind. Unser Ziel ist ein kleiner, auf einem Felsen aufragender Ort, zwei Stunden nördlich der Stadt; ich hatte ihn noch nie gesehen, meine Ferien am Meer gehen immer Richtung Süden – das Meer des Nordens klingt für mich wie ein Oxymoron.

Ich sehe die winzige Festung, die sich in der Ferne auf dem Filigran des Regens abzeichnet, und den bleiernen Himmel, der am Horizont undeutlich aufhellt. Das türkisblaue Tyrrhenische Meer überspringt fröhlich die nutzlosen Wellenbrecher, bricht an der letzten Schotterung des Hafens und zieht sich von dem Sandstreifen, den man im Winter bloß mit Mühe Strand nennen kann, wieder zurück.

Die Luft scheint von einem mittelalterlichen Zauber durchtränkt zu sein: So habe ich mir die Felsenburg Tintagel immer vorgestellt.

»Wo möchtest du lieber wohnen: am Strand oder in der Festung?«

»Am Strand, hast du denn nicht reserviert?«

»Klar, in beiden Hotels!«

Ich lache und lächele über dich, der du dir die Welt zu deiner Verfügung denkst, und vielleicht hast du Recht.

Wir gehen in das Hotel am Strand, es ist ganz weiß und blau, wie es sich gehört. Ein junger Mann kommt unser Gepäck holen. Er ist der Erste auf der Welt, der uns sieht und weiß – oder sich zumindest vorstellt –, dass wir ein Paar sind. Er schaut uns an. Er sieht mich. Ich weiß genau, was er sich gerade fragt. Ich weiß, dass sich das alle fragen werden, die uns zusammen sehen.

Unser Zimmer – zum ersten Mal gibt es etwas, was *uns* gehört – ist ein Eckzimmer und hat zwei Fenster: Aus dem kleineren Seitenfenster sieht man die Festung, die große Balkontür geht aufs Meer. Jenseits der kleinen hellblauen Sofas, hinter einer spanischen Wand aus Metallstangen und Stoff, die das Zimmer unterteilt, erstreckt sich majestätisch unser Bett. In wohl überlegter Vollkommenheit bildet ein marineblauer Wandteppich sein Kopfteil, während eine weiße Tagesdecke aus Leinen es bis zum Boden bedeckt. Auf dieser Decke sitzen nun wir, Eindringlinge in die Vollkommenheit.

»Hast du Hunger?«, fragst du.

»Ich denke nicht daran!«

»Nein? Und woran denkst du?«

Ich antworte nicht, ich beginne, dich zu küssen, auf den Hals, aufs Gesicht, auf alles, was sich mir von dir anbietet, ich spüre eine solche Welle des Verlangens (es muss wohl das Meer sein), dass ich dich völlig ungeschickt ausziehe und dabei vergesse, deine Manschetten aufzuknöpfen; vor lauter Eile überspringe ich beim Öffnen deiner Jeans den Gürtel (es mag an der Nachmittagsstunde liegen oder daran, dass wir seit zwei Wochen nicht mehr zusammen waren) und merke, dass ich dich in eine Art Monstrum verwandelt habe, mit nackter Brust und halb nackten Armen und dem im Hemd verfangenen Rest, mit dem Gürtel, der die Hose noch zusammenhält, und deinem Geschlecht, das aus dem offenen Reißverschluss ragt, als wollte es sich aus einer Falle befreien.

Ungewöhnlich fügsam und lächelnd, vielleicht auch über meine Ungeschicklichkeit, lässt du mich gewähren, und deine Wehrlosigkeit rührt mich. Ich will dich nicht gefangen halten und dich so nehmen, in wenigen brutalen Minuten eine Schwindel erregende Lust befriedigend – auch wenn du, so wie ich dich kenne, der Erste wärest, der seinen Spaß dabei hätte. Mit Geduld gelingt es mir, deine Manschetten von hinten aufzuknöpfen, und ich streichle verzückt deine befreiten Hände, Finger über Finger, als könnte ich ihnen, nachdem ich sie in Fesseln gehalten hatte, ihre Beweglichkeit zurückgeben. Ich führe sie zu meinem Gesicht, reibe es daran; du formst deine Hände so, dass ich es hineinlegen kann wie in einen Pokal, und aus diesem Pokal trinkst du: Du hebst mich auf Höhe deines Gesichts, Nase gegen Nase, Mund gegen Mund, Mund in Mund.

Auf der Seite liegend hören wir nicht auf, uns zu küssen, und meine Hand fährt wieder in deinen Hosenschlitz, um dein Geschlecht zu befreien, während deine dasselbe mit mir macht. Bereits erfahren, wissen wir, wie und wo wir uns berühren müssen, weiter unten oder weiter oben, tiefer oder oberflächlicher, leichter oder stärker; jeder von uns vollzieht auf dem Körper des anderen mit der Hand jene ruckartigen Bewegungen, die vereint zum Beischlaf führen. Wir kommen mühelos, mit wenigen Sekunden Abstand, mit Schreien, die in nicht endenden Küssen ersticken.

»Mein Liebster … «

So, ich habe es gesagt.

Du siehst mich an, schweigst.

Wie immer.

Aber du drückst mich so fest, dass du mir beinahe wehtust. Es tut dir weh, mich über Liebe sprechen zu hören; sie macht dir Angst, ich weiß, unsere unziemliche Liebe, sie macht auch mir Angst. Aber man kann nicht immer schweigen, ich kann das jedenfalls nicht, wenn man jemanden liebt, muss man es ihm auch sagen können, es kommt einfach heraus, als würden einem die Worte von selber aus dem Mund springen. Ich spüre ein Kribbeln auf meinen Lippen und sehe die Buchstaben wie viele kleine Ameisen herausspazieren, mehr oder weniger groß, einer hinter dem anderen, in leicht wellenförmiger Anordnung – i, c, h, l, i, e, b, e, d, i, c, h – das Kinn hinunter, sehe wie sie ihren Platz einnehmen, sorgfältig um die Kurve gehen und sich Eingang verschaffen, um in dein Ohr zu dringen.

Ich liebe dich, ich liebe dich, ich weiß es, ohne jeden Grund, gerade weil es keinen Grund gibt.

Die ganze Zeit, als ich Frances liebte, wusste ich

nicht, warum, nur dass ich ihn liebte. Er konnte alle Gaben der Welt besitzen – Herzensgüte, Intelligenz, innere und äußere Schönheit, Scharm, die Fähigkeit zuzuhören, Geduld, Kraft, Zärtlichkeit, was auch immer – oder auch nichts davon, es spielte keine Rolle: Ich hatte mich in ihn verliebt, und fragte mich jemand »Warum?«, wusste ich keine Antwort. Als ich es dann wusste und seine guten Eigenschaften besser aufzählen konnte als einen Lebenslauf, wurde mir bald klar, dass auf meiner Liste die Liebe nicht mehr vorkam. Und auch dafür wusste ich kein Warum.

So ist die Liebe, sie beginnt ohne Warum, und sie endet ohne Warum.

Aber wenn sie endet … dann findet man sich nicht mit dem mangelnden Sinn ab, o nein, einen Grund, wenigstens einen, Herrgott, muss es doch geben, und man schlägt den Kopf gegen die Wand und fragt, schreit, fleht: »Warum?«

So geht es mir mit Frances, und die Unfähigkeit, das zu akzeptieren, hindert die Beziehung daran, zu Ende zu gehen.

Oder vielleicht ist es nur Feigheit.

Das Kämpfen gegen Windmühlen, gegen Gedanken, gegen die anzukämpfen sinnlos ist, lässt mich schließlich kraftlos zurück, und ich nehme gerne den Gnadenstoß des Schlafes an, in der wehrlosen Sattheit der körperlichen Liebe. Ich überlasse mich dem Schlaf und spüre, wie die Müdigkeit auch dich überwältigt.

Wir erwachen, als es schon dunkel geworden ist.

Die Schnittwunde des Horizonts hat die Sonne verschluckt wie eine Münze, das Licht erstirbt langsam in der Dämmerung. Vielleicht weil sie ein kleiner Tod ist – der sich doch jeden Tag wiederholt –, erinnert mich das italienische Wort für Dämmerung, *crepuscolo*, an *crepare*, krepieren: ein winziges Krepieren. Arme Dichter des Crepuscolarismus! Und arme Menschen, die nicht so viel Sonne haben. Ich begreife, warum es in Schweden oder Norwegen die höchste Selbstmordrate gibt, dort, wo die Sonne nachmittags um drei untergeht und der Himmel sich von weißgrau in grauschwarz verwandelt. Während in Griechenland der Sonnenuntergang ein Triumph ist: *heliou basileia* – das Reich der Sonne. Aber die Griechen verstanden es, voller Glanz zu sterben, sie haben ja ihren Dionysos.

Der Hunger macht sich bemerkbar. Vom violetten Himmel umhüllt steigen wir zu Fuß zur Festung, Tiere auf der Suche nach Futter. Wir halten uns an der Hand oder klettern, aneinander geschmiegt, schweigend, gedankenverloren, die steilen Sträßchen hinauf; in der Hand voll Steine, die das Dorf bilden, finden wir bald den einzig möglichen Platz: Bei der Wahl zwischen dem luftigen Restaurant auf der Piazza und dem kleinen, beinahe in die Mauern gegrabenen Lokal entscheiden wir uns ohne zu zögern für unsere Höhle. Verstohlen setzen wir uns an den abgelegensten Tisch. Ich fühle mich wie ein versehentlich unter Menschen geratener Fuchs, ich möchte dich bitten, mich vor den fremden Leuten zu beschützen, die ich immer, instinktiv, als Feinde empfinde. Das ist nur Angst, ich weiß es wohl, ihre und meine, sich jemand anderem zu nähern, und dieses Anderssein habe ich immer auf mir lasten gespürt, habe es in den Augen der anderen gespiegelt gesehen, misstrauisch, ängstlich. Ängstlich, dass sich hinter diesem Anderssein wer weiß was für ein Übel verbergen könnte, und ich war die Allererste, die versteckte und weiter versteckt ... aber kein Übel. Sondern eine Liebe.

Ich sollte mich inzwischen daran gewöhnt haben, an dieses gegenseitige Misstrauen, aber nein, eine hartnäckige Stimme in mir sagt immer: »Liebe deinen Nächsten.« So gehe ich auf die Menschen dieser Erde zu, mit dieser Stimme der Liebe und mit dieser Angst.

»He, was schaust du so angespannt? Denkst du daran, wie viel Hunger du hast?«

Wie immer ruft mich deine Stimme aus versteckten Gegenden, in die ich mich vertiefe und in denen ich mich verliere, in der Hoffnung, dort Antworten zu finden, die es hier nicht gibt. Auch dort nicht: Dort gibt es nicht einmal die Fragen.

Ich segne dich: Noch bist du meine Wirklichkeit.

Wir bestellen eine Menge Vorspeisen, um uns das Warten auf den ersten Gang zu vertreiben: einen Krakensalat, frittierte kleine Fische, marinierte Sardellen, Krebsspießchen ... und wir beginnen, kalten Vermentino zu trinken, und weiter geht's mit der Pasta, den Meeresfrüchten und noch mal Wein und noch mal Fisch, bis wir weit über die Sättigungsgrenze hinaus sind und nur noch aus reiner Lust essen.

Sobald der Hunger gestillt ist, drängt uns der Instinkt unverzüglich zum Rest. Die Blicke, die sich von den Tellern erheben, treffen sich und sagen: »Schnell, gehen wir.« Wir rennen die Sträßchen hinunter, der Widerhall unserer Schritte von den Mauern der verlassenen Festung verfolgt uns. Unten dröhnt das Meer, umschäumt und umwirbt sie und singt von Sieg.

Wieder im weißen Hotel, wieder das hellblaue Zimmer, wieder das Bett. Betäubt vom Wein und voneinander, nehmen wir uns gleich, einfach so, ohne uns auszuziehen – nur das Allernotwendigste. Wir schlafen ein, erschöpft vom unfreiwilligen Widerstand, den der Wein in die Länge gezogen hat.

Bald kitzelt mich die schneidende Kälte des Morgens am Ende unserer ersten Hochzeitsnacht.

Ein Gedanke, schneidender noch als die Kälte, hat mich aufgeweckt und beunruhigt mich. Der erste Tag ist schon vorbei. Es gibt noch morgen und vielleicht übermorgen. Und dann?

Ich betrachte dich zärtlich und neidisch: Du schläfst friedlich, du, von dem ich nie gedacht hätte, du könntest neben mir schlafen.

Ganz vorsichtig gleite ich aus dem Bett, ziehe die ersten Sachen über, die ich finde, eine Mischung aus deinen und meinen Klamotten – meine Hose, deinen Pullover, aus dem ich deinen Duft atme –, und gehe hinunter, um etwas Warmes zu trinken.

Aufs Kissen lege ich dir einen Zettel, solltest du zufällig erwachen: eine kurze Nachricht und ein Gedicht von Auden, *Song, Lied*. Darin sind mein Leben und unser Verhältnis enthalten.

Fische in ruhigen Seen
Tragen schillernde Farben zur Schau,
Schwäne in der Winterluft
Besitzen eine weiße Vollkommenheit,
Und der große Löwe schreitet
Durch seinen unschuldigen Hain;
Löwe, Fische und Schwan
Treten auf und verschwinden
Unter der kippenden Welle der Zeit.

Wir müssen, bis die trüben Tage
Vorüber sind, trauern und singen
Von der Pflicht bewussten Ungerechtigkeit,
Den Teufel in der Uhr,
Die aus Buße oder zu unserem Glück
Vorsichtig getragene Güte;
Wir müssen unsere Liebsten verlieren
Und blicken neidisch
Auf jedes Tier und jeden Vogel, der sich bewegt.

Seufzer über Wahnsinn in Wort und Tat
verzerren unsere engen Tage;
Doch ich muss segnen und preisen,
Dass du, mein Schwan, der alle
Gaben besitzt, welche dem Schwan
Die impulsive Natur gegeben hat,
Die Majestät und den Stolz,
Vergangene Nacht hinzufügtest
Deine freiwillige Liebe.

Im Verandasaal, wo sie gerade damit beginnen, das Frühstück zu servieren, lasse ich mir einen Espresso bringen und verstecke mich hinter meinen ungekämmten Haaren. Ich wünschte, dass niemand mich sieht. Vor allem morgens hasse ich es, auf Blicke zu treffen, Gespräche anzuhören, es stört mich, mit wem auch immer in Kontakt zu treten: Ich habe mein Gehirn noch nicht auf die Kurzwellen der restlichen Welt abgestimmt, meine Wellen sind lang, langsam, schläfrig; noch lange nach dem Erwachen träume ich im Gehen weiter, irre durch ein Grenz- und Niemandsland.

So bin ich in diesem halb bewussten Zustand wehrlos, kann den anderen nicht gegenübertreten. Lasse ich mich dann langsam auf den Tag ein, finde ich die Stücke meines Panzers wieder, der nur abends vollständig ist und hell leuchtet.

Deswegen habe ich eine Arbeit gefunden, die mich morgens in der abgelegenen Welt der Bibliotheken und Archive beschützt – einer mit Papieren und Staub, doch beinahe keiner menschlichen Gegenwart wattierten Welt, aber unendlich viel Leben auf den Seiten – und die mich nachmittags mit den wenigen Menschen zusammentreffen lässt, die sich mittlerweile an mich gewöhnt haben – und ich mich an sie.

Mit der Tasse Espresso in der Hand sehe ich einen Moment von der Veranda aus auf den Strand: Der Himmel ist wechselhaft, schwankt unschlüssig am Rande eines Frühlingswolkenbruchs, der sich nicht zum Losbrechen entschließen kann, zahllose Sonnenfäden durchlöchern die Wolken und nähen sie wieder zusammen; die Luft schmeckt nach Frost, und ich frage mich, was ich nur so weit weg von dir mache, der du zum ersten Mal so nah bist. Ich muss nur schnell einen Treppenabsatz hoch, und eilig verlasse ich den Saal, stürze zur Treppe und laufe hinauf, wie jemand, der einen Ruf vernommen hat. Wenn du noch schläfst, werde ich dir beim Schlafen zusehen; ich werde, den Blick auf dich gerichtet, zerstreut etwas lesen oder schreiben.

Mit der gleichen verstohlenen Vorsicht, mit der ich hinausgegangen bin, gehe ich wieder hinein und versuche die Geräusche der Türen, Schritte und Türklinken zu dämpfen.

Hinter der spanischen Wand sehe ich dich, auf einen Ellbogen gestützt, quer im Bett liegen.

»Wo warst du?«

»Einen Espresso trinken, ich konnte nicht mehr einschlafen.«

»Du hättest mich wecken können, ich hätte dich schon wieder in den Schlaf gesungen. Schön, das Gedicht von Auden.«

»Ich dachte mir, dass es dir gefallen würde.«

»Komm her.«

Ich überschreite die Grenze der spanischen Wand und setze mich aufs Bett.

»Was machst du mit all diesen Klamotten am Leib?«

»Ich konnte nicht ohne hinuntergehen.«

»Du solltest gar nicht hinuntergehen. Zieh sie aus, du

brauchst sie jetzt nicht. Komm wieder ins Bett, es ist noch früh, wir haben Urlaub.«

Ich schlüpfe aus Pullover und Hose.

»Zieh alles aus.«

Ich gehe zurück ins Bett, zitternd vor Kälte und weil du mich wieder willst.

Die morgendliche Liebe bricht unvermuteter los als ein Gewitter.

Der Rhythmus des Auf und Nieders erneuert unseren Hunger. Wir gehen frühstücken.

Der Tag ist windig, mit am Himmel dahinjagenden Wolken, welche die Sonne auf- und zudecken, gezogen wie von einer unsichtbaren Schnur. Es ist das ideale Wetter für einen Spaziergang am Strand, auch wenn das Wintermeer diesen beinahe vollständig verschluckt und zum Tausch nur einen mit Muscheln, trockenen Algen, glatten Glasscherben und Sepiaknochen versetzten Streifen hinterlassen hat. Direkt an der Strandlinie liegt ein glatt geschliffener Baumstamm.

Lange spazieren wir an den verlassenen Kabinen, den abgebauten Strandbädern, den an Land gezogenen Booten entlang. Dann setzen wir uns auf ein Tretboot.

Noch jemand außer uns durchmisst den langen, schmalen Sand- und Steinstreifen. Ein Mann und eine Frau. Sie gehen aneinander geschmiegt, Schritt, Wechselschritt, und gerade durch diese Ungleichheit machen sie den Eindruck eines Paares. Sie reden, lächeln, haben jenen heiteren Ausdruck der Normalität, die ich für uns versperrt sehe. Wer weiß, vielleicht ist ihr Leben viel komplizierter als unseres, vielleicht sind sie Geliebte wie wir, vielleicht haben sie weiß Gott was für Probleme, aber mir scheinen sie vollkommen zu sein, nur weil sie anders sind als wir.

Auch du beobachtest die beiden. Vor allem sie. Dein Blick versinkt in den Hintertaschen ihrer Jeans, und ich erschaudere.

»Was starrst du so?«, frage ich und tue so, als wüsste ich es nicht schon.

»Ein schöner Arsch«, antwortest du, jeden möglichen Zweifel zerstreuend.

»Wie kannst du nur so etwas sagen? Ich finde das beleidigend.«

»Weil es etwas Normales ist, einen schönen Arsch zu bewundern. Ich schaue einen Arsch an oder zwei Titten, doch keine Frau. Würde ich einer Frau hinterherschauen, dann könnte ich dich ja verstehen, aber so, was betrifft dich das, wo ist das Problem?«

»Es betrifft mich sehr wohl, es stört mich. Wenn du mit mir zusammen bist und woanders hinschaust, ist es, als würdest du mir sagen, dass ich dir nicht gefalle, oder zumindest nicht genug.«

»Aber was redest du da, was für ein Schwachsinn! Du gefällst mir, und das weißt du sehr gut, aber ein schöner Arsch ist ein schöner Arsch, und zwei schöne Titten sind zwei schöne Titten, genauso wie ein schöner Sonnenuntergang ein schöner Sonnenuntergang ist, ein schönes Kleid ein schönes Kleid und so weiter und so fort. Es sind *Dinge*. Dinge, die allen gehören und bei denen kein Anlass zur Eifersucht besteht. Ich bewundere Schönheit, wo auch immer sie mir begegnet.«

»Erspare mir D'Annunzio-Zitate.«

»Ich verstehe nicht, warum du dich so aufregst. Hätte ich dir eine Antwort gegeben wie: ›Ich habe mir die Felsen angesehen‹, okay; aber wenn ich dir die Wahrheit sage, heißt das, ich sehe mir ein Objekt an, etwas Attraktives, woran mir aber überhaupt nichts gelegen ist.«

»Später könnte dir vielleicht daran gelegen sein. Der erste Kontakt mit einem Menschen geht immer über die Augen, ist immer ein ästhetischer, der des körperlichen Eindrucks. Wenn du ihn dann kennen lernst, entsteht etwas anderes oder auch nicht.«

»Sag mal, was soll ich eigentlich machen, kannst du mir das mal erklären? Soll ich mir Scheuklappen aufsetzen? Ich weiß nicht, was du hast, warum du dich auf bestimmte Dinge so versteifst. Du kannst doch wohl unmöglich annehmen, dass ich nur dich sehe, du kannst doch unmöglich glauben, dass jemand nur einen einzigen Menschen auf der Welt wahrnimmt. Möchtest du vielleicht, dass ich scheinheilig bin? Dass ich lüge und mir dann, sobald du dich umdrehst, alles anschaue, was mir ins Visier gerät, Hauptsache, du weißt es nicht? Genauso wie die Sache mit Betta: Es hat dich rasend gemacht, davon zu erfahren, weil ich dir die Wahrheit sagen wollte, statt dich anzulügen. So ist es, das hab ich verstanden, du bist der Typ, der lieber nicht Bescheid weiß.«

»Nein, du hast nichts verstanden«, sage ich lakonisch und füge nichts weiter hinzu.

Du hast nicht verstanden, dir ist nicht klar, was es für mich bedeutet, dich einen Frauenkörper anstarren zu sehen, auch wenn du sagst, dass du nur einen Körper betrachtest. Dir ist nicht klar, wie sehr dein Blick mein allzu zerbrechliches Gefühl, dir zu gefallen, ins Schwanken bringt; dir genau so zu gefallen, wie ich bin. Mit meinem flachen Körper, ohne Titten, ohne Arsch. Manchmal wünsche ich, er wäre auch geschlechtslos, denn dann wäre alles leichter. Aber es existiert, das Geschlecht, und es ist genau das, was mich zu dir hinzieht – oder treibt. Nein, nicht nur das. Der Anstoß, den ich da drinnen spüre, ist das Echo einer Stimme, die woanders widerhallt. Einer dunklen, alten Stimme, die Besitz, Zugehörigkeit, Identität verheißt. Einer Stimme, die mir sagt, dass du und ich jenseits aller Differenzen im Grunde dasselbe sind. Dieselbe Person. Dann hingegen kommt ein Tag wie heute, an dem ein winziges Ereignis den Bruch verrät. Wenn ich nur weniger empfindlich wäre, bereiter zum Spiel, die Dinge leicht nehmen könnte, auch deine Blicke auf die Hinterteile anderer Frauen, und ebenfalls mit dir darüber scherzen würde: Aber nein, ich bin unfähig dazu. Meine Unsicherheit macht jeden Versuch der Unbeschwertheit zunichte.

Ich erhebe mich vom Tretboot und bewege mich in die entgegengesetzte Richtung, weg von dem Paar, mit all meinen Kräften hoffend, dass du mir folgst.

»Was habe ich nicht verstanden?«, schreist du von hinten.

»Ach, nichts, lass es gut sein, ich bin es, die manchmal übertreibt.«

»Aha, dann gibst du es also zu!«

»Ja … manchmal.«

Erleichtert über meine ins Blaue hineingesagten Entschuldigungen gehen wir zum Hafen, spazieren die kleinen Molen aus Holzbrettern entlang, betrachten die vertäuten Segelboote mit weiblichen oder fantastischen Namen, und manchmal klettern wir auf eins hinauf und stellen uns vor, wie schön eine Seereise doch wäre. Es gab einen Film, der mit zwei Personen endete, die gemeinsam in einem Segelboot aufbrachen, um den Ozean zu überqueren: Wer weiß, wie unser Film enden wird.

Als wir es müde geworden sind, Seefahrer zu spielen,

gehen wir den Weg zu unserem Zimmer zurück; wir kaufen Pizza in einer Bäckerei und schließen uns wieder im hellblauen Zimmer ein.

Essen, Liebe machen, schlafen; Liebe machen, schlafen, essen. Es gibt keinen Raum für etwas anderes in unserer Zeit, die zyklusmäßig abläuft. Nichts anderes hat Sinn. Im italienischen Jugend-Slang sagt man »sich abschotten«, wenn man sich ein paar Tage in ein Liebesnest absetzt. Das hier ist unsere *Abschottung*. Aber warum dauert eine *Abschottung* nur ein paar Tage? Warum nicht das ganze Leben?

Natürlich, es gibt ja noch all das andere.

Die Arbeit, die in manchen seltenen Fällen sogar wirklich spannend ist, genau das, was man als Kind werden wollte, wenn auch nicht Feuerwehrmann oder Astronaut; das Kino, das Theater, Bücher, und manchmal gibt es einen Film oder eine Vorstellung, bei der man sich wirklich freut, sie gesehen zu haben, und ein Buch, wenigstens eines, das man froh ist, gelesen zu haben, denn sie haben einem ein Stück von sich selbst zurückgegeben, haben einem etwas über das eigene Leben erzählt, fast besser, als man selbst es gekonnt hätte. Es gibt die Freunde, die echten, die einzigen Menschen außer den Eltern, die man liebt wie eine Familie, die Einzigen, die man um sich erträgt, wenn etwas oder jemand uns tief verletzt hat, manchmal tödlich. Und dann kann es noch die Kinder geben, das »Fleisch deines Fleisches«, die wehrlose Verästelung von einem selbst, denen zuliebe man gerne den ansonsten unvorstellbaren Verzicht auf die eigene Freiheit akzeptiert.

Aber all das kommt *danach*.

Nichts von alldem entspricht einem tiefen Bedürfnis, jedenfalls nicht in mir. Das alles hat man mir beigebracht und manches so umsichtig und geduldig in mich hineingeträufelt, dass ich wirklich glaubte, es wäre meins.

Man geht zur Schule, zum Katechismusunterricht, und man lernt, dass so das Leben ist: Man findet eine Arbeit, weil die Arbeit den Menschen adelt – und nährt –, man sucht sich den Richtigen aus, den man heiratet, um nicht allein zu sein, man bekommt Kinder, um die Welt am Laufen zu halten.

Nichts von alledem hat irgendwas mit mir zu tun, oder vielmehr: Ich bin es, die nichts mit alledem zu tun hat.

Meine Arbeit mache ich nur, weil ich das Geld brauche und um mich nicht dem Rest der Welt gegenüber schuldig zu fühlen, der sich wie wahnsinnig abmüht.

Kinder habe ich mir nie so sehnsüchtig gewünscht, wie viele andere Leute es von sich behaupten.

Nur die Freunde, die sind mir hingegen wirklich wichtig. Die Beziehungen zwischen Menschen, die nicht blutsverwandt sind, sondern die man sich aussucht, sind das Einzige, was mich wirklich berührt. Und Bücher und Filme interessieren mich dann, wenn sie darüber sprechen.

Das Wesentliche meines Lebens aber ist es immer gewesen, mich in erster Linie mit einem Menschen auszutauschen, mit dem Menschen, den ich liebe; ihm meine Gefühle mitzuteilen und mit ihm die primären und sekundären Bedürfnisse zu teilen, das Essen, das Bett.

Alles andere kommt danach.

Wenn es kommt.

Und wenn es nicht kommt, spielt es keine Rolle.

Wieder überrascht uns der Abend beim Aufwachen im Bett, wieder der Hunger und das Klettern hinauf zur Festung, zu unserer Höhle in den Mauern, wieder Fisch und Wein.

Dann kommt eine Biegung auf dem Anstieg zu jenem geheimnisvollen Ort, den wir bis jetzt unerforscht gelassen hatten, und wir landen hoch oben im Nachthimmel. Von der höheren, winzigen Piazzetta, kaum mehr als eine Verbreiterung im Bollwerk, öffnet sich plötzlich die Sicht auf den Himmel und gleicht in seiner Intensität den fehlenden Blick auf das Meer aus. Wir hatten ihn beinahe vergessen, den Himmel. Es gibt so viele Sterne, dass sie auch in die Schießscharten dringen, die Nachtluft ist lichtdurchwirkt. Lange stehen wir stumm da, mit nach hinten gebeugtem Hals und verlorenem Blick. Als die Unbequemlichkeit dieser Haltung uns zwingt, die Augen zu senken, scheint die Piazzetta dunkler geworden zu sein. Und verlassen.

»Komm!«, sagst du.

»Wohin?«

»Los, komm her!«

Du führst mich in eine Mauerspalte, wahrscheinlich eine einst für den Wachposten gebaute Nische, lehnst mich gegen die kalten Steine und beginnst, mich und dich zu streicheln. Auch wenn mich deine Hand sofort erregt, scheint es mir fehl am Platz, nachdem wir den Sternenhimmel über uns gesehen haben. Ich versuche eine romantische Antwort auf deine Annäherung, küsse dich zart, streichle deinen Hals, deinen Kopf, aber ich begreife, dass dich nur die Vorstellung vom geraubten, unvorhersehbaren Sex reizt, das Risiko, überrascht zu werden, der Kitzel sich nähernder Schritte.

Sie nähern sich, sie haben sich genähert; sie sind hier.

»Wer ist da? Ist da jemand?«

Ich halte den Atem an, aber aus einer Taschenlampe trifft ein Lichtstrahl den verwerflichen Anblick unserer aufgeknöpften Kleider und deine entblößte Wachposten-Schulter. Mit zitternden Händen schließe ich meine Knöpfe, überspringe dabei einige, der Reißverschluss klemmt; dir genügt eine einzige Bewegung, um dein Bajonett an Ort und Stelle zu verstauen, und du trittst aus dem entdeckten Versteck hervor, aus der für uns gebauten Höhle. Ich bleibe dort, hinter deiner Gestalt, gegen die Wand gedrückt, als könnte ich darin verschwinden.

»Hallo!«, grüßt du unverschämt. »Ich war hier mit meiner Freundin und … uns hat einen Moment lang die Romantik überwältigt!«, sagst du lachend und greifst mit deiner Hand in meine Richtung, in den Schatten.

Mechanisch gebe ich dir meine Hand und traue meinen Ohren nicht, erstarre vor Überraschung und Scham. Du ziehst mich zu dir und damit aus dem Versteck, verbirgst mich aber vor den fremden Blicken, indem du meinen Kopf gegen deine Brust drückst und den Arm um mich schlingst, während du mir mit zärtlicher Geste die Haare zerzaust, als wolltest du beweisen, wie viel Liebe in diesem nicht zu haltenden jungen Pärchen steckt.

»Schatz, wir haben den Herrn erschreckt!«

Ich schweige, bewegungslos, in wilder Bewunderung dafür, wie du das Unberechenbare auf den Kopf stellst und beherrschst. Aus dem Augenwinkel betrachte ich hinter meinen zerzausten Haaren den bebenden Hund, der den Mann auf unsere Spur gebracht hat.

»Leidenschaft in Ehren, aber ein bisschen Anstand muss sein! Und außerdem ist es unvernünftig, sich hier nachts allein aufzuhalten.«

»Warum ist es unvernünftig? Es scheint sehr ruhig zu sein.«

»Ach was, ruhig, man muss aufpassen: Einmal wurde ein anderes Paar angegriffen, man hat ihnen alles geklaut. Es gibt hier so 'ne Art Zigeuner, die am Meer bei den Jahrmärkten ihre Wohnwagen stehen haben, die waren es sicher. Deswegen nehme ich den Hund mit, wenn ich abends hier oben spazieren gehe. Der Hund hier ist schön groß, der macht den Leuten Angst.«

»Ja, es ist tatsächlich ein schöner Hund. Aber es ist wirklich unglaublich, nicht mal in den kleinen Dörfern kann man mehr sicher sein!«

Inzwischen hast du angefangen, Konversation zu betreiben, als ob nichts wäre, du wärst auch fähig, mit dem Herrchen dieses Spürhundes so weiterzuplaudern, eine Bemerkung nach der anderen: *Früher war alles besser, die Kriminalität ist inzwischen überall, es gibt bei den Jahreszeiten keine Übergänge mehr* … bis die Reihe von Gemeinplätzen erschöpft ist, die man im Gespräch mit Unbekannten verwendet. Mit der Hand, die hinter deinem Rücken verborgen ist, zupfe ich dich am Hemd. Ich wollte schon lange in der Mauer verschwinden.

»Ja, also dann, danke für die Warnung, gute Nacht! Und gratuliere zum Spürsinn Ihres Hundes!«

Und während du mich weiterziehst, verabschiedest du dich lachend von dem Mann.

»Ich habe gespürt, wie viel Angst du hattest, aber siehst du, wie leicht es ist? Sag die Wahrheit, du hast dich schon mit einer Anzeige wegen unzüchtiger Handlungen in der Öffentlichkeit gesehen!«

»Wie ist dir das vorhin eingefallen?«

»Was?«

»Dass ich ... *deine Freundin* bin.«

»Das war das Beste, was ich in dem Moment sagen konnte, und außerdem ... fiel es mir eben so ein, das ist alles.«

Ich schweige, ich kann nichts sagen.

Ich schwanke zwischen Wut und Glück, ich sammle Gedanken über Gedanken, zusammen mit stummen Fragen und imaginierten Antworten. Ohne es zu merken, bahnt sich eine Frage ihren Weg: »Was bin ich wirklich für dich?«

Du antwortest nicht: Ich weiß, du weißt es nicht.

»*Hier* nennst du mich *deine Freundin* und dann? Morgen, wenn wir wieder zurück sind, was gedenkst du dann zu tun, wirst du mich so deinen Freunden vorstellen: Das ist *meine Freundin*? Das würde ich ja gern sehen.«

»Du weißt genau, dass ich das könnte, das ist nicht der Punkt.«

»Nein? Und was dann? Der Schock für die arme Betta und deine Freunde, die dich gern vorm Altar sähen? Sag doch, was der Punkt ist, los, du weißt es genau!«

»Hör zu, fang nicht jedes Mal wieder damit an. Ich habe es dir gesagt, ich weiß nicht, was unser Verhältnis ist; weißt du es denn vielleicht? Meinst du, du willst den Rest deines Lebens mit mir verbringen? Und deine andere Beziehung, dein zehnjähriges Verlöbnis? Sag doch, hast *du* schon für alles eine Lösung?«

»Ich … am Abend bevor wir losgefahren sind, hätte ich Frances beinahe alles gesagt, weißt du? Wir hatten uns einen Film angesehen und redeten gerade darüber, und ich schwöre dir, ich hatte vor, ohne Zurückhaltung alles auszupacken, weil ich so nicht mehr kann; aber du weißt ja, wie so was läuft, oder? Wenn jemand spürt, dass etwas nicht stimmt, dass er sich bald etwas sehr Unangenehmes wird anhören müssen … tut er alles, um es nicht zu hören. Und so hat es auch Frances gemacht: Er hat mich praktisch am Weiterreden gehindert, indem er gefragt hat: ›Macht es dir etwas aus, wenn ich dieses Wochenende wegfahre?‹, und es hat mir die Sprache verschlagen. Alles, was ich noch sagen konnte, war: ›Aber nein, woher denn, vielleicht fahre ich auch weg.‹ So ist es gelaufen.«

»Du hast also schon so klare Vorstellungen? Ich beneide dich, bei mir ist es nicht so.«

»Ich weiß.«

Unser Urlaub ist zu Ende, der Zauber der Festung zerstört. Die Wirklichkeit, aus der wir geflohen waren, ist wie ein Bumerang zu uns zurückgekehrt. Mir ist kalt im Bett, das Zimmer ist nicht mehr so schön; das Hotel, das gestern noch gastlich war, kommt mir heute feindselig vor. Mir scheint, alle wissen von uns und missbilligen unser Tun.

Die Abreise, die ich mir schmerzlich vorgestellt hatte, ist beinahe eine Erleichterung.

Du weißt nicht, ob du mich willst. Wenn du mich willst, dann nur auf bestimmte Zeit, außerhalb der Welt; außerhalb deines Lebens und nicht, damit ich es mit dir teile. Zu so einer radikalen Entscheidung bist du nicht bereit.

Ich hatte zugelassen, dass mir diese Tage das Gegenteil vorgaukelten, dass ein Wochenende zusammen wegzufahren die Generalprobe unseres gemeinsamen Eintritts in die wirkliche Welt sei. Aber wir existieren für dich nur im Limbus deiner Wohnung oder eines weißen Hotels.

Jetzt verstehe ich, jetzt sehe ich klar: Du willst in Wahrheit nicht, dass ich Frances verlasse, du willst es ganz und gar nicht. Ja, es wäre ein ziemliches Problem, sollte ich mich für dich entscheiden und von einem Tag auf den anderen vollständig zu deiner Verfügung stehen. Die ideale Lösung unserer Affäre wäre für dich die Nicht-Lösung – die Affäre, so wie sie jetzt ist, nicht mehr und nicht weniger. In deiner schlichten Fantasie siehst du dich vielleicht schon mit Betta oder wem auch immer verheiratet, vielleicht auch als Vater niedlicher Kinder oder mit mir als deiner Geliebten für den Rest deines Lebens. Und vielleicht wirst du mir genau das eines Tages vorschlagen und dich dann über meinen Ausdruck des Schmerzes und der Ablehnung wundern.

Langsam versuche ich, mich wieder an meinen alten Lebensrhythmus zu gewöhnen, kehre in die Arbeit zurück, vermeide es, Frances alleine zu sehen (den Schwung und den Mut jenes Abends nach dem Kino habe ich nicht mehr); und auch was dich betrifft, zwinge ich mich, das Wiederaufnehmen des Gewohnten zu akzeptieren, das der ungeraden Tage – und selbst davon nicht alle.

Alles beginnt wieder von vorne, als wäre nichts geschehen.

Du wirst versuchen, wieder Distanz zwischen uns zu bringen: Du hast dich zu weit vorgewagt, hast zu viel von dir gegeben, jetzt musst du dich ein wenig zurückziehen, wieder Besitz von dir selbst ergreifen, um zu deiner Normalität zurückzufinden, in der ich keinen Platz habe.

Du wirst mich nur dann anrufen, wenn du am Äußersten deiner Begierde bist, am Rande der fleischlichen Entzugserscheinungen, wenn dir Bettas Rouladen nicht mehr genügen, fader Ersatz für das, was ich dir geben kann.

Du überraschst mich mit der Frage, ob wir uns am Donnerstag sehen können: »Ich habe ein Geschenk für dich!«

»Ein Geschenk? Was denn?«

»Überraschung! Komm zum Abendessen, und du wirst schon sehen.«

Du hast ein Geschenk für mich und freust dich darauf, es mir zu geben, kannst es kaum erwarten.

Dann habe ich mich getäuscht, vielleicht haben diese beiden Tage am Meer auch dir etwas bedeutet, so viel, dass du mir zur Besiegelung ein Geschenk gekauft hast. Eine romantische, tief verwurzelte Fantasie lässt mich sofort an ein Schmuckstück denken: ein dünner Armreif, ein Anhänger oder sogar … ein Ring. Im Grunde ist das gar nicht so absurd, ich erinnere mich sogar an zwei Freunde, die jeder den gleichen weißgoldenen Ring trugen.

Bangend auf dem grünen Sofa zittere ich vor Erwartung, während du das Ganze absichtlich in die Länge ziehst.

Du hast dich nicht voller Gefräßigkeit auf mich gestürzt, sondern sie dir stattdessen fürs Abendessen aufgespart, und die ganze Zeit über hast du lächelnd geplaudert, mit der unbefangenen und geheimnisvollen Miene eines Menschen, der etwas Unerwartetes enthüllen muss und einen weiterzappeln lässt. Das einzige Mal, das ich dich »Also?« gefragt habe, hast du gesagt: »Später, später.«

Jetzt ist später.

Du hast mich ins Wohnzimmer aufs Sofa geführt, hast begonnen, mich zu küssen, mich bis zur Hüfte ausgezogen. Ich habe gedacht, du wolltest mir das Geschenk vielleicht nach der Liebe geben, in der unfreiwilligen Zärtlichkeit des Danach, welche eine solche sentimentale Geste rechtfertigt.

Als wäre es dir plötzlich wieder eingefallen, löst du

dich von mir und beugst dich zum Glastischchen. Du öffnest die dort abgelegte Schachtel aus intarsiertem Holz und holst das Päckchen heraus. Enttäuschung. Es ist zu groß für ein Schmuckstück. Neugierde: Was ist es dann? Etwas, womit du, deinem Gesicht nach zu urteilen, sehr zufrieden zu sein scheinst; du musst davon überzeugt sein, dass es mir gefallen wird.

Nach der Erschütterung der Schmerz.

Ein ebenso heftiger wie unkoordinierter Wutanfall lässt mich vom Sofa aufspringen und Richtung Tür gehen, doch du stehst schnell auf – gerade noch rechtzeitig, um mich mit den Worten »Was machst du, wohin gehst du?« an den Schultern zu packen, und ich, als wäre ich über den Teppich gestolpert – vielleicht bin ich über den Teppich gestolpert –, falle zurück aufs Sofa und auf dich.

»Gefällt es dir nicht? Warte, probier's wenigstens an, komm, beweg dich nicht.«

Vor Ungläubigkeit bin ich wie erstarrt, du brauchst mich nicht einmal festzuhalten.

Du bindest mir das Halsband um den Hals und rollst am Rücken die Verbindungsfesseln mit den ledernen Armbändern aus – zwei, mit einem Metallstück verbundene Armbänder, die du mir um die Handgelenke schließt.

»So, genau.«

Ich habe dich alles machen lassen, auch wenn mein Instinkt mich die Handgelenke so weit wie möglich auseinander hat halten lassen, damit du die Schnalle nicht allzu eng ziehen konntest; so könnte ich sie trotzdem aus der Handschelle ziehen, solltest du dich zufällig weigern, sie aufzubinden.

Du betrachtest mich hingerissen.

»Es steht dir wunderbar, geh und schau dich im Spiegel an.«

Du hast es entzückt, beinahe gerührt gesagt, als hätte ich mir eben tatsächlich vor deinen Augen einen Ehering übergestreift.

Gefügig lasse ich mich vor den langen Spiegel begleiten.

Da ist meine Kette, da sind meine Armreifen.

Ich sehe wieder jenes Bild vor mir, mit deinen durch die nicht aufgeknöpften Manschetten eingesperrten Händen, erinnere mich an meine Zärtlichkeit angesichts deiner Wehrlosigkeit. Meine Wehrlosigkeit hingegen erregt dich, und du würdest gerne meine augenblickliche Gefangenschaft ausnutzen, um einen neuen Kitzel zu erleben und unser immer noch unvollendetes Bildnis um ein weiteres Detail zu ergänzen.

Ich schaue mich an, schaue dich an, suche vergeblich im Spiegel die Bestätigung einer möglichen Ähnlichkeit und wiederhole damit jenes alte Spiel, das ich zu Schulzeiten immer spielte; wenn ich mich mit jemandem zusammentat, sagte ich: »Stellen wir uns gemeinsam vor den Spiegel, schauen wir mal, ob wir gut nebeneinander aussehen.«

Ich schaue uns an, in diesem Aufzug; wir sind lächerlich.

Ich will mit diesem idiotischen Spiel aufhören.

Es ist gar nicht das Objekt an sich, es ist der unausgesprochene Vorsatz. Nur so siehst du mich: als die Geliebte, mit der man das Verbotene vollzieht, als deine Eintrittskarte in das Reich der Finsternis, während du für mich der Geliebte bist, mit dem ich versuchen möchte, die Normalität der Liebe zu leben.

Ich ziehe die Hände aus dem einzigen Band, das du mir geben kannst, und fasse mir an den Hals, um mich von dem unbequemen Hundehalsband zu befreien.

»Warum ziehst du es aus? Es stand dir so gut! Dann hat dir mein Geschenk also nicht gefallen?«

»Nein. Als du mir von einem Geschenk erzähltest, hatte ich an etwas anderes gedacht ... das war ein Geschenk für dich, nicht für mich.«

»Ja, das ist wahr, ich mochte die Vorstellung, dich in Ketten zu sehen!«

J'ai acheté des chaines, de lourdes chaines ...

Das sind sie nicht, die Ketten. Diese kann man abstreifen.

Ich schaue dich an, ohne dich zu sehen.

»Los, komm her, jetzt werde ich es wieder gutmachen!«

Deine Stimme ruft, wie immer, um meine Abwesenheit oder Traurigkeit auszugleichen.

Du näherst deinen Mund meinem Hals und meinen Handgelenken und löschst mit deinen Küssen die Spuren aus. Du löschst jene Spuren und drückst, ohne es zu wissen, neue Spuren noch tiefer hinein.

Du hast mich genug um Verzeihung gebeten, das spürst du.

»Kann ich dir wenigstens die Augen verbinden?«

Du fragst, als wäre das das vertraglich vereinbarte Minimum in Liebesbeziehungen: Wie kann man sich weigern? Ich mogle ohnehin, wie beim Blindekuhspiel als Kinder: Ich hebe die Binde leicht an und schiele darunter hinweg.

Aber auch wenn du meine Handgelenke befreit hast, spüre ich, dass der Bogen überspannt ist. Auch mit verbundenen Augen sehe ich klar: Ich kann nicht mehr.

»Ich habe entschieden, dass ich aufhören werde, dich zu treffen.«

»Ich nicht.«

»Hör zu, ich ertrage es nicht, dass unsere Treffen immer gleich ablaufen, dass sie keinen anderen Ort kennen als diese Wohnung, das Sofa, das Bett: Es reicht, es ist unmöglich. Wir reden nie, dich interessiert nichts von meinem Leben, was ich tue, was ich mag, wie meine Arbeit ist, wer meine Freunde sind, wie meine Familie ist. Du fragst mich fast nie etwas. Abgesehen von jenem Wochenende – das ich inzwischen geträumt zu haben glaube – sind wir nie zusammen irgendwohin gegangen, ins Kino, ins Theater, auf ein Fest, zu jemandem zum Essen, wir haben noch nie etwas zusammen unternommen, nicht mal ein Mittag- oder Abendessen im Restaurant – abgesehen von dem Lokal dort am Meer –, nichts, überhaupt nichts, nicht mal das Allerbanalste. Wir haben nichts miteinander geteilt. Das alles hat keinen Sinn.«

Das habe ich in einem Atemzug gesagt, mich dabei gleichsam ausleerend, und nun lasse ich mich aufs grüne Sofa fallen, eine Hand auf der Stirn. Du starrst mich im Stehen an, die Hände auf den Hüften: »Hör zu, ich glaube, du verstehst das, oder? Wenn ich dich sehe, denke ich sofort und zuallererst an das eine. Ich brauche nur deine Stimme zu hören und bin schon erregt, ich brauche nur zu wissen, dass ich dich sehen werde. Es erscheint mir als reine Verschwendung, die wenige Zeit, die wir haben, damit zu verbringen, herumzufahren, ins Kino, ins Restaurant zu gehen oder wohin auch immer.

Es ist deine Schuld: Du bist es, die mir die Stunden vorzählt, du bist es, die mir sagt: ›Ich kann nicht‹, ›Ich will nicht‹, ›Heute nicht.‹ Du bist es, die die Tage dosiert, sie überspringt, ab und zu entscheidet, dass es vorbei ist, wie heute, wo wer weiß was in dich gefahren ist. Das alles machst du. Ich habe dich nie um etwas gebeten, ich habe dich nicht zu einer Entscheidung gezwungen, ich habe dir nur gesagt, dass du irgendwie die Situation für dich lösen musst, aber was du machst, ist keine Lösung, das ist ein Weglaufen, ist ein Gehen des bequemsten Weges. Wenn es das ist, was du willst, umso besser: In letzter Zeit bist du so streitsüchtig, man kann keinen Spaß mit dir haben, ich erkenne dich nicht wieder. Wenn ich bloß daran denke, wie aufregend es am Anfang war! Zu spüren, dass ich dich gerade dazu brachte, etwas Verbotenes zu tun, etwas, was du noch nie gemacht hattest … Aber so. So habe ich's auch langsam satt. Und ich habe schon genug am Hals, da kann ich mich nicht auch noch um dich kümmern.«

Mit einem Ruck stehe ich auf.

Die Enttäuschung, nicht noch einmal die einzigen Worte gesagt zu bekommen, die ich von dir hören will, die Wut darüber, mir anhören zu müssen, dass du es satt hast – wobei meine Unsicherheit sofort hinzufügt: »mich satt hast« –, der Schmerz, mich unter dem Stichwort »auch« zu den überflüssigen Problemen gezählt zu sehen – das alles kommt zusammen, und mich packt eine unbändige Lust, unverzüglich die Diskussion abzubrechen, und diktiert mir eine Antwort, die ich sicherlich bereuen werde, aber es ist mir schon ganz gleich: »Gut, du hast es satt, ich auch, wir haben es beide satt: Dann habe ich also Recht, wir sollten uns nicht mehr sehen. Das ist das einzig Sinnvolle, was wir tun können.«

Ich stehe auf, wende mich bereits Richtung Tür. Meine Entschlossenheit lässt mich nicht an den Trennungsschmerz denken, der unvermeidlich kommen und in mir ein leichtes Ziel finden wird.

»Ist das für dich das Einzige?« Jetzt scheinst du fuchsteufelswild zu sein.

»Das scheint mir offensichtlich. Dir nicht?«

Deine Antwort besteht nicht aus Worten. Mich am Handgelenk packend, ziehst du mich zu dir, um mir wütend deine Zunge in meinen widerwilligen Mund zu stecken. Mit einer Hand fasst du mich im Nacken und ziehst mich an den Haaren, mit der anderen drückst du mir die Kehle zu, sodass ich gezwungen bin, nach Luft zu schnappen und den Mund zu öffnen.

Du lockerst deinen Griff, lässt deine Hände auf mich sinken. Eine fällt auf meinen Rücken und packt fest eine der Wölbungen meines Hinterns, die andere gleitet vom Hals an abwärts, verzichtet vorläufig darauf, mich zu töten, und verharrt auf meiner Brust. Wir könnten wie üblich weitermachen, und in der Tat haben sich deine Hände – durch die Dringlichkeit geschickter geworden – bereits unter die Kleider geschoben, haben die Haut gefunden, den Reißverschluss geöffnet, Stoffe umgangen und hochgehoben. Mir hat diese deine Gewalt über meinen Körper immer gefallen, dass du so mit ihm umgehst, als gehörte er dir – gerne würde ich mich der Lust hingeben, die mich bereits überschwemmt. Aber ich ertrage es nicht, dass unsere Gespräche immer nur so enden, die falsche Lösung unserer Probleme, das Trostpflaster, das nicht heilt.

So vernebelt sich mir der Blick – die Seele. Ich kann nichts mehr unterscheiden, alles löst sich in den Nebeln des üblichen Fiebers auf, und auch wenn mein Körper dahinschmilzt und unter deinen Händen noch weiter schmelzen möchte – Butter in einer Pfanne auf dem Feuer –, sagt die Stimme, die sich von irgendwoher in mir Gehör verschafft: »Hör auf.«

Deine Arme halten erstaunt inne.

»Umarme mich, drücke mich«, sage ich.

Mit dir hat der Kampf keinen Sinn, er wird sofort zum Spiel zweier Tiere, die ihre Kräfte messen, sich verfolgen, sich angreifen. Wenn ich mich wirklich entfernen will, muss ich es sanft tun.

»Umarme mich.«

Du gehst zu sehr auf meinen Wunsch ein, drückst mich so fest, dass mir die Luft wegbleibt, so fest, dass es mir vorkommt, als wolltest du mir mehr noch als deine Kraft deine Zuneigung zeigen. Ich würde am liebsten nicht mehr weggehen, unendlich lange, für immer so bleiben, zu Statuen erstarrt durch den Blick einer unsichtbaren Medusa.

Aber ich weiß, wenn ich noch länger bleibe, gibt es kein Entrinnen mehr für mich, ich werde nicht mehr fähig sein, aus dieser Wohnung zu gehen, aus dieser Affäre.

Bin ich mit dir zusammen, habe ich nicht den geringsten Willen und nicht die geringste Intelligenz mehr, es nützt nichts zu reden, zu erklären, zu verstehen zu suchen: Ich vergesse alles, was ich für Frances empfinde, alles, woran ich immer geglaubt habe. Ich vergesse alles, unter der Wirkung deines betäubenden Duftes – und einer Macht, die an meiner Stelle entscheidet.

Mein Körper will nichts als mit deinem verhaftet zu sein, Punkt um Punkt, Zentimeter um Zentimeter der Haut.

Mein Geist und deiner befinden sich an den Antipoden.

Ich gehe.

»*Ciao*«, sage ich tonlos, schlüpfe mit drei schnellen Schritten durch die Tür, und deine Fragen verfolgen mich wie ein Lauffeuer: »Was machst du? Wohin gehst du? Was bedeutet das?«

Dass ich gehe, dass ich dich nicht mehr sehen werde, antworte ich in ungehörtem Wispern hinter dem Schutz der bereits zugefallenen Tür. Und ich glaube so fest daran, dass ich mich, während ich im Aufzug hinunterfahre, durch die Glastür und über den kleinen Weg gehe, das Mofa aufsperre, den leisen Tränen eines stillen, schluchzerlosen Weinens hingebe, dem wahren Weinen, wenn etwas zu Ende geht.

Wir haben es nicht geschafft, ein Paar zu werden, eine Zwei, wir sind zwei Einsen geblieben: Wir sind ungerade geblieben wie unsere gemeinsamen Tage.

Ich kann es nicht glauben, dass ich es wirklich tue. Warum, wie konnte ich nur? Weil ich glaube, dass es für dich nur Sex ist und ich die Ungleichheit der Liebe nicht ertragen kann? Oder ist es nicht vielmehr wegen allem anderen? Weil nicht einmal ich in Wahrheit den Mut hätte, dich wirklich in mein Leben hineinzulassen, zu meinen Eltern, meinen Freunden, dem Rest der Welt? Oder ist es wegen der alten Liebe zu Frances, zu mir, zu meiner Identität?

Doch was für eine Identität?

Wer werde ich ohne dich sein, werde ich überhaupt noch jemand sein?

Nein, es hat keinen Sinn, ich will alles zurücknehmen, ich kann nicht darauf verzichten, darf gar nicht dran denken, dich nicht mehr zu sehen.

Man hat mir das Fleisch aus der Brust gerissen.

Wieder irre ich wie ein Zombie durch die Stadt; die Augen halluzinierend vor Ungläubigkeit, durchstöbere ich die Straßen in einer vergeblichen Suche, atme ich witternd die Luft ein auf der Suche nach deinem Geruch; manchmal betrete ich eine Parfümerie und öffne Flakons und schüttle und schnuppere, bis ich etwas finde, was mich an dich erinnert, und dann rieche ich daran bis zur Betäubung.

Aber ich habe eine Entscheidung getroffen, ich habe sie getroffen und muss jetzt nur die Kraft haben, dabei zu bleiben.

Ich muss wieder von vorne anfangen.

Es gibt so viel zu tun, all das, was ich bisher vernachlässigt habe.

Ich habe den Gott aus meiner Kindheit, zu dem ich beten kann, dass er mich unterstützt, mir dabei hilft, mich auf den Beinen zu halten.

Ich zwinge mich, wieder zur Arbeit zu gehen.

Eines Tages mache ich mich in der *Biblioteca Universitaria Alessandrina* auf die Suche nach einem jener unauffindbaren Bücher.

Ich gebe mir dabei große Mühe und merke nach einer Viertelstunde, dass ich gerade nicht an dich dachte.

Meine Gedanken sind eine Viertelstunde von dir abgeschweift.

Wenn das eine Viertelstunde lang möglich war, dann könnte es vielleicht auch länger gelingen, vielleicht sogar eine volle Stunde und dann langsam zwei, drei, zehn, einen ganzen Tag lang. Ich könnte es schaffen, wenigstens sollte ich es versuchen – auch wenn die Viertelstunde inzwischen vorbei ist.

Mit dem Buch in der Hand und einer neuen Entschlossenheit verlasse ich die Bibliothek und betrete einen Windkorridor zwischen den hohen Mauern der Mietshäuser. Mechanisch wickele ich mir den Schal enger um den Hals zum Schutz gegen einen Winter, der nicht nachlässt – auch wenn der Frühling inzwischen seit einer Weile angefangen hat. Der Schal. Die Finger erkennen den Stoff sofort wieder. Es ist das Tuch, das ich dir geschenkt hatte, das du mir eines Abends um den Hals gebunden hast mit den neckischen Worten: »Ich hab dich gefangen, ich habe dich eingefangen wie ein Cowboy«, und dann hast du mich angestarrt, und ich habe dazu geschwiegen, wie jemand, der schweigend einwilligt, lächelnd über dein Ungestüm und deinen Spieleifer. Seit jenem Abend war es bei mir geblieben, es hatte mir gefallen, es um den Hals zu tragen, etwas zu haben, was du getragen hattest und was deinen Duft in sich bewahrte. Ich würde es nicht mehr ablegen. Am nächsten Tag trug ich es nur deswegen nicht, um mich – so sagte ich mir – nicht zu kindisch zu fühlen, in Wahrheit aber, um es wie einen wertvollen Gegenstand aufzubewahren, einen Talisman, den man am Ende eines Tages zu Hause wieder findet, einen Trost für die Hässlichkeiten der Welt.

Ich bewahrte es in der obersten Schublade auf und zog es manchmal an, wenn ich wusste, dass ich dich sehen würde, um es dir zurückzubringen und dann wieder an mich zu nehmen.

Heute habe ich es, als ich aus dem Haus ging, gedankenverloren wieder umgelegt.

Nein, ich schaffe es nicht. Es gibt nichts, was mich rettet.

Weder Gott noch die Arbeit, noch Frances, noch eine alte oder neue Leidenschaft für etwas, noch ich.

Mein Liebster, komm zu mir zurück, ich werde dich mich töten lassen, es macht mir nichts mehr aus.

Tu so, als ob nichts wäre, tu so, als hätte ich nichts gesagt, das machst du doch sowieso immer, seit Monaten geht es so, dass ich dich jede Woche verlasse und du mich wieder anrufst, als wäre nichts, tu so, als wäre es eines der üblichen Male gewesen, ja? Was war im Grunde schon anders diesmal, warum solltest du nicht zurückkommen? Und wenn du nicht zurückkommst, werde ich zurückkommen, ja, diesmal kann ich es tun, will ich es tun, tue ich's. Ich werde zurückkommen.

Ich werde zurückkommen, mit dem roten Tuch, um deine Handgelenke zusammenzubinden, aber diesmal mit meinen gemeinsam.

Ich werde dich aufs Bett legen, ich werde dich ausziehen, ich werde dich küssen, bis ich keinen Speichel mehr habe.

Ich werde dich bitten, mir zu sagen, wer ich bin, und deine Antwort akzeptieren: Du bist mein Freund.

Ich werde furchtlos mit dir über Liebe sprechen, ich werde dich lieben und dich ganz langsam wiegen auf der Welle des Geruchs, der den Raum durchdringt.

Ich werde in der Dunkelheit bei dir bleiben, mich im Bett an dich schmiegen und dir zum Einschlafen unsere Geschichte aus deiner Perspektive erzählen, worum du mich immer gebeten hast.

So, ich habe sie dir erzählt.

Ohne Ende.